Q版特工35

元朗故事

梁科慶

Q 版特工 35　元朗故事
作者／梁科慶
策劃編輯／周淑屏
美術設計／許智超
出版發行／突破出版社
香港沙田亞公角山路 33 號突破青年村
電話：2632 0000　傳真：2632 0388
電郵：breakthrough@breakthrough.org.hk
網址：http://www.breakthrough.org.hk
http://www.btproduct.com
承印／陽光（彩美）印刷有限公司
2016 年 3 月初版 1 刷
2020 年 11 月初版 2 刷

Ah Wing, the Secret Agent 35: Yuen Long Story
by Leung For-hing
First Printing, First Edition, March 2016
Second Printing, First Edition, November 2020

Printed in Hong Kong
ISBN 978-988-8246-96-0

本書經文取自《新標點和合本》，版權為香港聖經公會所有，承蒙允准採用，特此鳴謝。

每一個
年輕人都應當
乘着夢想的
翅膀出航。

成長文學

目錄

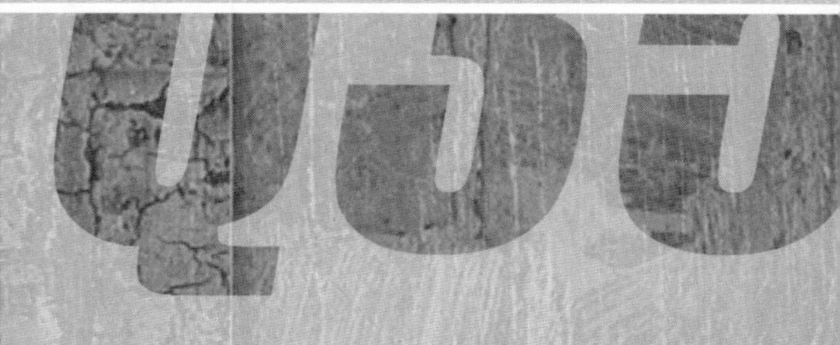

序

陳德錦

對於一眾Q版特工殺入某地區完成艱巨任務，大家不會陌生。特工們有時也把繃緊的神經鬆弛一下，跟大家談談詩詞歌賦和文化常識，但在槍林彈雨之中，大家的心情倒未必能緩慢下來，細意體驗其中的文化意味。

這故事裏由祖凡尼餐廳的結業開始，一眾特工走遍元朗大街小巷，吃盡道地美食，主角特工還有一段心繫元朗的愛情史，給我們一片懷舊之思。

但鏡頭一轉，我們又看見遭「斬樹黨」無情砍伐的土沉香在地方消失，漁米之鄉也變得面目全非。特工們一路追蹤到下白泥，作者選擇這個地點也頗有意思。我隱約覺得，作者描繪了那個「富」得只剩下金錢的背景下，香港人倒在這裏「窮」得可以看到最美麗的日落景色，正是李白所謂「清風朗月不用一錢買」

或蘇軾所謂「是造物者之無盡藏也，而吾與子之所共適」。

最後出場的那位「賈夫人」的姓氏，稍為讀過《紅樓夢》的人都曉得裏面有「真」與「假」的暗示。在故事裏要找出這些真假、窮富、正邪等「二元對立」的題旨還有不少。不過，這故事還是一個緊張精彩的故事，叫它mystery, thriller而帶點nostalgic（懷舊）也不無特色。念茲在茲，寫小說的人不能失去判斷真假的本心；有了本心，也就有鄉心。作者的原鄉是元朗，間接抒情寫心，也大大開了我們的眼界。

2015年11月寫於元朗

1

祖凡尼的午餐

梁賢到即將結業的元朗祖凡尼餐廳懷緬一番，竟同時重遇兩個舊情人，令事情變得一發不可收拾……

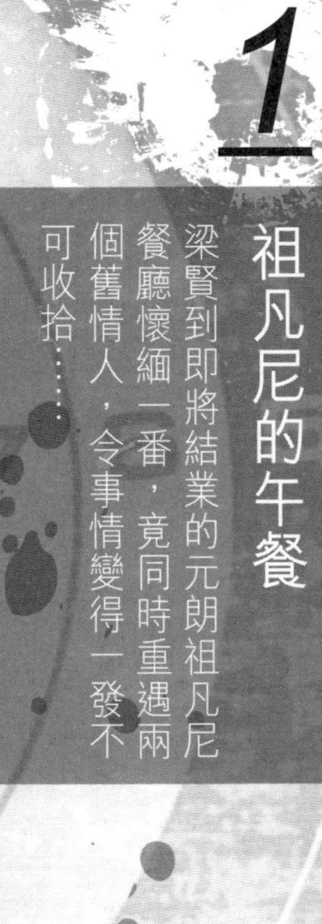

1 祖凡尼的午餐

1

梁賢稍為退開，讓那些爭先恐後的乘客先行，他並不趕時間，他亦相信塞在車門前面的人也沒多少個趕時間，只不過大家習慣了急速的步伐，做什麼都不願落後於他人。

車門打開，登車的乘客湧進車廂，爭奪空座位；下車的乘客擠出車廂，拿着「八達通」咭，迫向讀咭機。

要登車的乘客仍在月台上，要下車的乘客還在車廂裏，車門即將關上的「叮叮」鐘聲已經響起。梁賢想，那輕鐵司機心急什麼？明知乘客仍在上落，他不可能就此關門開車，大概又是習慣使然，以為不按幾聲「叮叮叮」催促一下，就不能順利開車。

生活在節奏急快的都市，你不隨波逐流走着同一步調嗎？就會被視作「阻塞交通」的異類。一個師奶從後越過梁賢時，斜眼朝他瞪了瞪，口裏嘀咕：「吃了豬油麼？慢吞吞，阻住地球轉。」還有意無意的用金屬購物小車輾過梁賢的鞋面。梁賢雖然不滿，但他深諳好男不與女鬥，最怕招惹潑婦罵街，只得忍住不發作。

其實，那師奶插隊又插隊，充其量較梁賢提早三十秒「拍咭」離開月台。三十秒而已，站在斑馬線前等候「綠公仔」，也花掉三十秒，除非，她「衝燈」——

果然，當梁賢「拍咭」時，月台下的斑馬線前，那師奶不依燈號橫過馬路。

然而，她太心急兼太大意，沒瞧清楚交通警察正站在對面的行人道樹底下，也沒想清楚其他路人為何變得嚴守規矩的站在路旁等待轉燈。僅她一人挺身而出，挑戰法紀，交通警察當然不會辜負她的慷慨就義，上前把她截停，簽發告票。

梁賢也想上前，代表香港政府庫房感謝她的慷慨，但也忍住了，因為他不再是公務員。不在其位，無謂多言。

唯有經過他們身旁時，向那呼天搶地的師奶報以一個幸災樂禍的恥笑，並暗自為他的警隊後輩加油打氣。

做人不能婆媽，要為行為負責，踏出第一步，便要承擔繼續向前行的後果。

那師奶顯然不明白這個道理。

梁賢自問通情達理，放棄瑞士的閒逸，回流香港，就要面對擠迫和狹隘，雖不習慣，但他會努力適應，路畢竟是自己選的，況且身為地道香港人，回港等於回家。這個「家」儘管已變得面目模糊，但在滄海桑田之間，他仍找到點滴舊日情懷。

今天，他專程回元朗，就為在結業前，光顧一趟祖凡尼餐廳。

祖凡尼餐廳位於元朗的雞地，顧名思義，雞地從前是個販賣雞隻的集散地。時代變遷，目下的雞地，雞毛也找不到一根。梁賢步上行人天橋，朝北望遠，昔日的雞舍、農田、魚塘，變成一幢幢高廈，已入伙的、正施工的屋苑，沿着西鐵路軌，一直延伸，似要跟更北更高的深圳樓房互相接軌。

看着，走着，梁賢在元朗大馬路的另一邊步下行人天橋。在他的記憶裏，元朗的發展從沒停頓，腳下的輕鐵在1988年通車。無可避免的，有發展自有犧牲。當年在元朗大馬路中央加建路軌，為要保持原有的行車線道，政府選擇犧牲兩旁的行人道。行人道大幅收窄，人口不斷增長，近年更多了大批拖篋的內地旅客，於是，行人道的空間嚴重不足，經常擠得水洩不通，始終沒法解決。至於輕鐵，車廂太狹，車站太多，車速太慢，一直為人垢病；道路交匯處輕鐵列車優先駛過，又令其他司機抱怨。然而，路軌鋪設了，不能拆掉，政策失誤，不能認錯，二十多年過去，輕鐵列車一直在抱怨聲中天天「叮叮叮」的操作，如常進出元朗的心臟地帶。當初，據聞政府的原意，是以元朗、屯門作為試點，繼而把輕鐵推廣到其他地區，最終，事與願違，輕鐵的拓展原地踏步，只成為元朗、屯門區的交通特色。

1 祖凡尼的午餐

輕鐵十年如一日，元朗其餘的特色卻一天天消失，無聲無息的，祖凡尼餐廳便是其中一項。

祖凡尼餐廳在 1976 年開業，比輕鐵更早。

那年，梁賢唸中五，在祖凡尼約會他的「初戀情人」胡同學。

餐廳的格調四十年不變，昏暗靜謐，最宜男女約會。

由光入暗，每次梁賢推門進入祖凡尼，總要閉目片刻，讓眼睛適應。

「幾多人呀？」夥計的態度粗魯，也是四十年不變。

「一位。」

「坐門口這張檯吧，裏面客滿。即將關門大吉，人人趕來懷舊。」夥計也是中年人，頭髮稀疏，兩鬢花白。梁賢沒見過他，沒光顧足有二十年，餐廳的人事變動，他當然不知道。

「畢竟是元朗第一間西餐廳，兩三代人的集體回憶。」梁賢坐下。

「當然！從前聽老闆説，那時候，人家賣雞蛋三文治，我們賣豬排牛柳羊架，菜色比得上半島酒店。」夥計拿打火機為梁賢燃點桌上的古老油燈，「你吃什麼？」

「米蘭式燴牛尾……」

「賣光了。」

「海陸雙拼……」

「也賣光了。」

「那，還有什麼沒賣光？」

「只剩兩款，焗大蝦荷葉飯、帶子墨汁意粉。」

「我要帶子墨汁意粉。等一等，還有沙巴翁嗎？」

「哈！沙巴翁你也知道，果然是舊客。我去廚房問一下老闆，且看他有沒有心情弄給你吃。」

「奇了，聽說，老闆不是已經……」

「老人家已經過世，餐廳現在由少東打理。」

「哦。」梁賢明白，創業難，守業更難，何況鋪租、食材不斷漲價，連鎖式食肆入侵舊區，造成壟斷，年輕一代又追捧日式、韓式飲食潮流，舊式意大利餐廳站不住腳，不叫人意外，只教人可惜。

夥計興沖沖地跑進廚房，看來，祖凡尼餐廳這道招牌甜品，久已乏人問津。梁賢環顧四周陳設，綠色的牆壁，意大利風情的掛畫，天花板垂吊裝紅酒用的竹簍，格子檯布，一切一切都恍如往昔。他盯着熒熒油燈，禁不住想起四十年前，在同樣的油燈光影之中，他向胡同學示愛。

那晚，胡同學在水手裝校裙外披了一件杏色的長身針織外套，用星形髮夾和橡筋把長髮結成鬟辮雙馬尾，梁賢清晰記得，那雙馬尾在油燈照明下烏黑閃爍。吃着沙巴翁時，梁賢鼓起勇氣，向胡同學表白愛慕之情。

胡同學起初吃了一驚，睜大眼睛，瞧着梁賢，一言不發。因為不肯定她的反應是接受還是拒絕？梁賢登時不知應對。

兩人呆了一陣，胡同學再次露出甜美的笑容，繼續挑起一匙沙巴翁，送進口裏，卻沒說話。

沙巴翁用 Marsala 葡萄酒、蛋黃、砂糖混成，製法簡單，但頗考功夫，在隔水加熱時，需不停攪拌拂打。那時，梁賢的心情就像製作當中的沙巴翁，噗噗卜卜的，亂作一圈。

接受？拒絕？好歹也給我一個答覆吧。梁賢默默等待。

直至胡同學吃了最後一匙，滿意地用舌尖舔嘴角，才再度開口：「味道真好。」

「味道？」梁賢詫異，如果戀愛有味道，甜酸苦辣，究竟是哪種？

胡同學喝一口清水，放下方形玻璃杯，兩手互握，擱在胸前，眨眨眼睛，誠懇地說：「梁賢同學，很感激你啊！我覺得非常滿足、幸福……」

「言重了……」梁賢仍掌握不到胡同學說話的重點，是指食物還是愛情？

「其實，我心裏是一直喜歡梁賢同學你的。人家畢竟是女孩子嘛，總要有點矜持，過於主動，只怕你誤會我是那種不正經的女孩。但，又想弄清楚，你真正喜歡的是我還是惠儀？我們天天見面，天天談笑，卻沒機會坦白說出對你的感覺，每當看見你與惠儀走在一起，看起來又很登對、很投契，我心裏就極不舒服，煞是苦惱，以為你的意中人是她，不是我。現在，我終於明白了，你喜歡的是我，不是惠儀，我放心了。」

「那麼，我們正式拍拖吧。」梁賢趁機牽着胡同學軟滑的小手。

「不。」胡同學仍讓他牽着。

「不？」

「現在不是時候。」

「為什麼？」

「大約半年後，我們便坐在中學會考的試場裏，為學業前途打拼。梁賢同學，我盼望成為你的女朋友，也盼望升讀大學，談戀愛影響學業，這道理大家都明白，不用多說。因拍拖而失去成為大學生的機會，我不會原諒自己。拍拖，半年後開始也不遲。」

「你的意思是？」

「我們分手。」胡同學輕輕掙開梁賢的手。

「我們還沒開始……」

「我們一同加油，考取一張優異的成績表，在大學校園裏約會，好嗎？」

「好……」

就這樣，梁賢經歷了一段還沒開始便分手的初戀。

那年，會考完結後，胡同學隨母親回鄉探親，一住便三個月。梁賢無奈地天天在香港苦候佳人回來，望穿秋水。到胡同學返港，會考亦告放榜，梁賢的成績僅是五科及格，而胡同學的，較五科及格好一些，俱是升讀大學無望。兩人都為出路徬徨，沒心情談戀愛。後來，梁賢進了警察學校，胡同學入讀師範學院，彼此的生活圈子與學習環境一下子變得截然不同，欠缺共同話題，見面時均感溝通吃力。沒多久，各自遇上合適的異性對象，於是兩人自1976年「分手」後，再沒「復合」。

回想這段奇怪的初戀，梁賢搖頭苦笑，特別想吃一客沙巴翁。

「沙巴翁到。」夥計興沖沖的端來餐廳的招牌甜品，鄭重地擺在梁賢面前。

「噢，有勞了。」

沙巴翁的「賣相」跟從前沒兩樣，不知味道如何？子承父業，相信水準不變，梁賢拿起茶匙，待要品嚐。

此時，大門打開，日光透進，梁賢不經意地瞇起眼睛抬頭張望。日光之中，一名中年婦人推門進來，容貌輪廓，依稀認得，是——

胡同學！

「客滿了！不好意思。」夥計以一個送客的手勢，擋住婦人的去路。

「胡……校長，真巧啊！」梁賢放下茶匙，欠身站起。

「啊！梁……賢同學，久違了！」

「一個人？」

「噢！不，外子稍後過來。」

「坐這兒吧，我待一會便走，這張桌子讓給你們。」

「怎可以？」

「要坐就坐吧，這個星期，人人趕來湊熱鬧懷舊，你不要，轉眼就有客人入座。」

「我恭敬不如從命了。」胡校長坐在梁賢對面。

她結了一個高雅簡約的辮子式圓髻，身穿一襲綴花邊的湖水藍長裙，襯一條珍珠項鍊，把青山灣帶進元朗市中心。

兩人幾十年不見，藉着中學同學的Facebook羣組，對於彼此近況，略知一二。胡同學二十年前結婚，丈夫姓張；十年前晉升小學校長。

「你的頭髮都白了。」她打量梁賢好一會，作出一個略帶唏噓的總結，「唉！這幾年，我也添了很多白髮，不時要到髮型屋請師傅染黑。」

「我故意不染髮。」

「為什麼？」

「滄桑感。」

「哈，幾十年了，你還是這副德性。你的近況好嗎？聽說你移民了。」

「不是移民，只是在外地打工。今年，機緣巧合，回港工作。」

「你現在做盛行？」

「特工。」

「特工……不錯呀。」胡校長忍俊不禁，「哪個組織的特工？國安局？中情局？」

「都不是。敝組織很秘密，電影編劇不會拿來拍戲，普通市民毫不知情。」

「哈哈……」胡校長終於忍不住，開懷而笑，「你還是這麼風趣。冷面笑匠呀你，說笑自己卻不笑。」

「我沒說笑。」梁賢淡然道。

「夠啦，我連眼淚水也給笑出來了。」胡校長拿紙巾拭抹眼角，「不好意思，我要去一去洗手間。」

「請便。」

「失陪。」胡校長慢慢走進餐廳深處。

梁賢再拿起茶匙，不自覺地多瞥一眼胡校長的背影，她剛經過餐廳中央的一列卡座，左側卡座有個女人在胡校長背後伸長脖子向梁賢這邊揮手。梁賢為求心安，回頭瞧瞧，確定身後沒人，身後的牆壁也沒窗子，餐廳大門緊閉。他可以肯定，那女人是向自己揮手。然而，她是誰？梁賢再看她，兩人互相對望，那女人笑嘻嘻的給他一個飛吻。

梁賢登時打個冷震。

他認得她，他幾乎認不出她。

與二十年前相比，她胖了一倍多，有資格去拍纖體廣告，反過來欺騙消費者那種，現在的她是纖體前，二十年前的她是纖體後。

梁賢再放下茶匙，朝女人走去，一邊走一邊看一邊比較。圓脹的臉孔、臃腫的身形，可以用慘不忍睹來形容，梁賢吁一口氣，捏一把汗。

「那是你的老婆？」

梁賢還沒坐定，女人急不及待地打聽。

「她是別人的老婆。」

「你還是習慣在祖凡尼向女人示愛，今次是有夫之婦。」

「你想多了。」梁賢架起腿，「你什麼時候回香港的？」

「三、四年前吧。」

「現在幹什麼？」

「剛結束了一間曲奇餅店，還沒打算。」她仔細打量梁賢，眼神跟胡校長的一樣，結論亦差不多：「你滿頭白髮，怎麼不去髮廊找人染黑？染黑了，看起來年輕十年。」

「到了這把年紀，已不是靠樣貌取悅他人的階段。外表並不重要，內涵和實力才是我的本錢。」

「沒錯。」

女人在梁賢的說話中找到一點點認同和安慰，梁賢卻不放過她：「你幹什麼把自己弄至如此肥胖？」

「唉！」女人一臉欲哭無淚，「你也知道，我最初在巴黎學製糕餅甜品，後來經營餅店，天天焗製，天天試食，一發不可收拾……」

她叫蘇菲，曾經是梁賢的女朋友。一如蘇菲所說，梁賢在祖凡尼餐廳向她示愛。兩人度過一段快樂的日子，到了談婚論嫁的時候，蘇菲要在結婚前完成到歐洲流浪的心願，辭去工作，前往法國去體驗「工作假期」。那時，梁賢剛擢升「幫辦」，沒可能放下事業追隨她去法國，結果，蘇菲獨自歐遊。過了半年，梁賢臨時得到一星期補假，便飛往巴黎，要給蘇菲一個驚喜。到埗後，梁賢很快找到蘇菲工作的餅店，也找到蘇菲，她穿着沾滿麪粉的圍裙坐在餅店後門的石級上一邊喝紅酒一邊跟一個金髮青年接吻。當時，梁賢沒責怪任何人，只是醒悟過來，他與蘇菲其實在半年前已經分手了。

今天，他更加堅信當年的分手是正確的，尤其看見蘇菲的水桶身形。他再吁一口氣，問：「結婚了？有沒有小孩？」

「共兩次，都離婚收場。我沒小孩，你呢？」

「我仍是未婚，當然不是處男。」

「所以勾引有夫之婦。」蘇菲壓低嗓子，瞄一眼洗手間。

「胡說。她是我的舊同學，我們在這裏巧遇。」

「孤男寡女，在你慣常示愛的餐廳巧遇？沒這麼巧吧？我不相信。」

「她出來，我替你們介紹。」

「不要！」蘇菲神經質地大力搖頭，「她比我漂亮，比我瘦，我才不要跟她結識。」

梁賢笑而不語，心裏隱隱有一種說不出來的暢快。

「而且，大家都是女人，我明白的，看到情人的舊情人，她不會高興。」

梁賢懶得解釋。

「她快出來了，你回去吧。」蘇菲趕狗似地甩甩手。

「很高興與你在祖凡尼重逢，蘇菲，保重了。」梁賢返回自己的桌子，沒回頭再看蘇菲一眼，心中竊竊暗喜：「今天，不枉此行，嘿嘿。」

2

一株高大的蒼松，屹立在山蔭道上。

蒼松的樹齡過百，樹身直徑最寬之處，兩人才可合抱，高逾十米，幹粗葉茂，姿態挺拔蒼勁，像一個飽經風霜的智者，隱居荒山野嶺，傲視天下，睥睨眾生。

山野本無道路，鄉民平日行走，踐草踏青，日積月累，漸成黃泥小徑。鄉民每到此處，為蒼松所阻，不期然左右繞行，日子一久，山路蜿蜒至此，即在樹前分開，再於樹後合攏，看似有人刻意為蒼松除草圈地，確立「疆界」。

後來，漁護署開闢遠足徑，把泥路鋪建為英泥石板路，依循原來的山路修築，沒把蒼松砍移。

有些無聊的遠足者，本末倒置，不分始末，以為建路在先，松樹後來破路冒出，拔地而起，嘖嘖稱奇之餘，更拍照流傳，混雜各種聯想忖臆，以訛傳訛，久而久之，「元朗怪樹」的傳聞於坊間不脛而走。

其中，最廣為人知的是「吊死鬼夜哭」。

昔日，鄉民為防小孩到山上玩耍遇到意外，便誑稱曾有冤屈女子在蒼松朝東的粗椏上吊殞命。及後，故事口耳相傳，三姑增添一節女子的淒涼身世，六婆加插一段薄倖郎始亂終棄，總之集體二次創作再創作，無事生非，添油加醋，無知者信以為真，故事流傳，繪形繪聲。而蒼松生長於當風的山脊，樹高葉密，山風吹過時，嗚嗚有聲，松針簌簌落下，如泣如訴，尤其夜闌人靜，遠遠聽見，想起女鬼索命，人皆毛骨悚然。

是日，天朗氣清，風和日麗，登山郊遊本該賞心樂事。

一名白衣青年來到蒼松蔭下，迎風而立，卻是長嗟短歎，時而低頭懊惱，時而仰望樹梢枝頭，莫非他遇到什麼冤屈，打算模仿「前愚」也上吊自盡？

就在白衣青年呆望枝椏出神之際，身後長草叢中，突然撲出一名黃衣青年，向他偷襲。

然而，黃衣青年發招之前，卻先來一聲長嘯。

白衣青年忽地驚覺，聞風辨位，也不回頭，左足提膝，右掌回劈，打出半式「單鞭」，後發先至，反手回擊黃衣青年。

黃衣青年的偷襲原來只是虛招，誘使白衣青年出招，亦似預知對方的功夫套路，瞧出破綻，低頭閃身，從白衣青年手底滑過，兔起鶻落，跳到蒼松東側，正面過招，忽拳忽掌，忽指忽爪，連連變招，招招狠辣，猶似一陣狂風急雨，向白衣青年猛烈攻擊。

白衣青年大喝一聲，也不閃避，以快打快，騰出一雙劍指，如刀戳劍捌一般，於黃衣青年的拳掌之間，尋隙而入。

眼見對方指法凌厲刁鑽，黃衣青年不再冒進，連忙轉攻為守，伺機穩守突擊，他施展三十六路小擒拿，截扣白衣青年的手腕，百忙中，出奇不意的使出怪招，用食指彈其臂彎的「曲池穴」，幾乎得手。

白衣青年的右前臂被黃衣青年彈中，雖沒傷及穴道，但肌肉難免一陣赤痛。他被迫退後兩步，忍住臂痛，咬緊牙關，雙掌一錯，縱身再上，橫砍直劈，掌風虎虎，威猛無儔。黃衣青年見他來勢洶洶，不敢力抗，雙掌平推而出，跟白衣青年雙掌一觸，即借力彈起，半空翻個筋斗，一扭身，雙足倒勾在那根盛傳女子上吊的粗椏之上，居高臨下的擲出一口飛刀，阻止白衣青年上騰追擊。

果然，白衣青年待要曲膝躍起，忽覺頭頂白光閃閃，料想暗器襲至，危急之間，張口一咬，竟把飛刀咬住，接着旋身大步跨前，踏出一個「前弓後箭馬」，力從地起，勁發腰馬，右拳「啪」的擊打樹身，直有開山劈石之勢，硬生生的把黃衣青年連同大量松針一併震落。

黃衣青年着地一滾，滾進草叢之中，迅速逃出白衣青年的追擊範圍。

白衣青年打得性起，也沒追趕黃衣青年，對着蒼松左右開弓，連環發拳，打得蒼松左搖右晃，枝折葉飛。

「夠啦！阿Wing！」黃衣青年從草叢中鑽出制止，「你想打折這株百年老樹麼？」

經阿漆一喝，阿Wing回過神來，慢慢放鬆拳頭，看看樹身，拳印處處，樹皮碎裂，而他的雙手亦感痛楚，瞧一眼，指節手背皮破血流。

「人與樹，兩敗俱傷，何苦呢！」阿漆輕輕搖頭，拉開腰包，掏出一塊消毒膠布，撕開包裝，遞給阿Wing。

阿Wing拋還飛刀，道：「倒也準備充足。」

「急救藥包，行山必備。」阿漆收起飛刀，再從腰包裏取出兩罐生力啤，「還有飲品，剛才在山腳的士多購買，仍凍的。」

「好兄弟，真周到。」

「打一場架，出一身汗，流幾滴血，紓鬱解悶吧？」阿漆「卜」的扯開啤酒拉環，「來，敬我們……逝去的童年。」

阿Wing拭抹傷口後，也取過啤酒，仰臉痛飲。

阿漆吞下一大口啤酒，歎道：「痛快！」

阿Wing踢踢地上的碎石子，問：「你怎知我在這裏？」

「不難猜。你久沒回元朗，這趟滿腔鬱結的回來，定往師父的故居憑弔兼避靜，而這株蒼松是必經之路。」

「你一個人？」阿Wing看看山路前後，「不帶露絲來元朗逛逛？」

「露絲另有任務，不過，這趟來元朗，不止我一人。梁賢坐我的順風車，原來他也曾在元朗讀書。」

「真的？哪所學校？」

「元朗公立中學，他畢業時，我們還沒讀幼稚園。我今天在車上跟他閒聊，方知道他是元朗老街坊。」

「他人呢？」

「我在洪水橋輕鐵站讓他下車。」

「他往哪？」

「雞地，祖凡尼餐廳。趁餐廳結業前，特地去懷舊一番。」

「噢，連祖凡尼也結業，時代洪流捲至，故人舊物，無一倖免，一件不留。」

「流年似水，要過去的，總會過去，阻不了，攔不住，就像真生、R。」

「他們仍在，在地球某個角落，都捨我而去。」

「不，至少，真生已不在了，當年，我親眼看着她下葬，世上再沒真生，既已入土，你何苦讓她不安。」

「是我錯。我後悔往美國去找她，把R氣走。」

「但願是一時之氣，過一陣子，氣下了，想通了，她自會返回你的身邊。」

「我該去尋她……」

「不可，萬萬不可。你我均知R的脾性，她不想見你時，你去見她，只會弄巧反拙。」

「我該做點事。」

「你唯一可做的，是等候。」阿漆舉起啤酒，「啤酒卻不能等，開始不凍。乾！」

「乾。」阿Wing再喝一口，他那罐已經不凍，不凍的啤酒，尤其生力啤，特別苦澀，像他的心情，吞下肚裏，苦上加苦。

阿漆喝完啤酒，「喀嘞」的把空罐捏扁，放回腰包內。

「你何時轉行經營鋁罐回收？」阿Wing打趣問。

「下山時，丟進環保箱。空罐，給我。」

「你去不去師父的故居？」阿Wing把空啤酒罐拋給阿漆。

「當然去啦。」阿漆繼續「喀嘞」。

「我們上次回去，大概是……」阿 Wing 屈指數算。

「三、四年前吧。」

「豈止，足有五年。」

「有那麼久嗎？」

「肯定有。我記得上次我們登山，比試輕功，你輸得很慘。」

「沒可能，我的輕功不比你差。小時候，我們練習草上飛，你使詐才勉強贏我。」

「我沒使詐，你別抵賴。你不服氣，我們今天再比試，包你輸得心服口服。」

「怕你麼?喂，你偷步……不公平……」

「你起步太慢了，哈哈……」

「無恥，看飛刀……」

「我閃。咦，刀呢？你使詐。」

「哈哈，以其人之道還治其人之身。」

「我追……」

「追得到，給個錢你買紅棗……」

人去聲漸遠。

蒼松依舊屹立山蔭道上，山風呼呼，枝葉摩娑，松針簌簌掉下，令人想起那傳聞中的冤屈女子傷心落淚。

3

「跟蹤是一門技術，也是藝術。」坐在副駕駛座的阿Ken撕開一包紳士牌果仁，「既要與目標保持一段距離，不讓對方察覺自己遭人跟蹤，同時又不能相距太遠，以免跟丟。這個距離何謂恰當，視乎道路設計、汽車流量、目標的警覺性，箇中大有學問。」

「我不明白。」負責開車的高文，一臉迷惘。

「你不是專業特工，當然不易明白。」阿Ken抓起一把果仁，塞進口裏，「說……起來，你應該……多謝我……」

「我為什麼要多謝你？」

「我帶你出來汲取前線經驗。你知道嘛？實戰很重要，把理論付諸實踐，是難得的機會。你沒實戰經驗，來來去去只做後勤工作，難道你甘願一世當信差嗎？」

「當信差，不錯呀。」

「沒志氣！現在什麼年頭呀？我們早已進入電子通訊時代，訊息經網路傳送，執筆寫信面臨淘汰，信差也面臨淘汰。所以，你要抓緊機會，好好學習，及時轉型，免遭淘汰。」

「哦。」

「保持這個距離，跟那傢伙相隔三、四輛車，就可以了。」阿Ken吞掉果仁，摸摸肚腩，有點意猶未盡，「對啦，你剛才說不明白，什麼地方不明白？儘管說出來，我詳細為你解說。」

「我不明白為什麼要跟蹤前面那傢伙？」

「任務嘛，明知故問。」

「我指的是方法。我們由尖沙咀開始，一路跟在他後面，經過幾段快速公路，差不多到屯門了，挺花時間呢！」

「跟蹤嘛，不跟在後面，難道跑到他前面？無聊。」

「我們跟蹤他的目的是什麼？」

「根據情報，他將與某個壞人接頭，洽談某種非法勾當。M的指示，是跟蹤他，查出陰謀。」

「M是個笨蛋。」

「對，他的確是個笨蛋。」

「你聽從一個笨蛋的指示，不是更加笨蛋嗎？」

「制度上，他是我的上司，我不能不聽從。唉！不止我們的組織，在這個荒謬的世界裏，笨蛋上司比比皆是。」

「做人要懂變通。古人說：將在外君命有所不受。我們大可見機行事，彈性處理。」

「如何彈呢？」

「直截了當，我截停那傢伙，把他揪出車外，狠很的毒打他一頓，令他求生不得，求死不能，迫他說出跟誰接頭，要作什麼壞事。」高文愈說愈興奮，不期然踩油加速，「他若口硬，我就拔他的指甲、挖他的眼珠、剪他的舌尖……」

「冷靜！減速！」阿 Ken 敲高文的頭，「使不得，你沒聽過打草驚蛇嗎？」

「我聽過撥草尋蛇。」

「不，放長線釣大魚。」

「捕魚的方法很多，不一定要釣。」

「我們要聽命行事。」

「我們可隨機應變。」

「不能打亂部署。」

「目標為本。」

「假公濟私。」

「嗄?」

「老實告訴你，我們這次行動，旨在收集情報，所得資料仍有待露絲分析，所以，我們的工作很簡單，無謂橫生枝節，把簡單變複雜。我們已到屯門，再過去是元朗，安安分分做完工作，我請你吃老婆餅。你不要生事，拜託。」

「好耶!我還要吃好到底雲吞麪、勝利牛丸河。」

「那麼多食物，你怎吃得下?」

「老婆餅可以帶走，拿回去請 Ada 吃。」

「Ada 是個八婆，你少惹為妙。」

「但她有很多緋聞趣聞。」

「最近，有什麼八卦消息?透露一些吧。」

「Ada 懷疑阿 Wing 與R有曖昧，這趟R出走，多半是是感情瓜葛，所以阿 Wing 請假……」

「咦，阿漆亦請假，難道他們搞三角戀？」

「今天，梁賢亦請假，按你的邏輯，他們豈不是搞四角關係？」

「有這可能。」

「當然不是啦。Ada 說，阿漆與阿 Wing 份屬好朋友，多半是去開解阿 Wing，為防他一時想不開，殉情自殺。」

「Ada 怎知內情？」

「我怎知她怎知？」高文瞥一眼阿 Ken，恍然大悟，「我明白了。」

「你又明白什麼？」

「阿 Wing、阿漆、梁賢都請假，蜀中無大將，胖子作先鋒……」高文伸伸舌頭。

「你說什麼鬼話呀！好好開車，不要跟丟……」阿 Ken 惱羞成怒，掄起拳頭，作勢揍他，「咦？那傢伙左轉入田廈路呀！切線，切線，別錯過路口。」

「跟得上，跟得上，沒問題。」高文急急切線，也駛進田廈路。

「他不去元朗……」阿Ken搔着後腦。

「他不去元朗，我們沒老婆餅吃……」高文瞧瞧GPS，瞬即轉悲為喜，「但，不打緊。田廈路盡頭，左轉前往流浮山，右轉前往屏山，流浮山海鮮、屏山盆菜，同樣好吃。不知待會他轉左還是轉右？好緊張呢！」

「張楠到底去哪裏？」阿Ken盯着前面的淺灰色日產客貨車，開車的人叫張楠，是個頗吃得開的「罪犯經理人」。

不同背景的幕後黑手，因種種理由不方便出面僱人作奸犯科，例如買兇殺人、竊取機密、偷運違禁品等等，便透過張楠這類「經理人」在江湖上物色合適的罪犯去幹。另一方面，江湖中人沒門路賣命賺錢，也透過張楠，按其所長如盜竊、暗殺、走私等，配對僱主。張楠兩邊收取佣金，有時甚至兩邊欺瞞，居中獲利，利潤可觀。而他只在中間聯絡，不身涉案件，即使被警方懷疑，亦難以舉證控告。所以，他的買賣愈做愈大，近年很多大案，都由他充當中間人，由於受到國際刑警注意，他行事愈加小心，親力親為，不假手他人，偵查工作更難入手。

這趟M對阿 Ken 委以重任，跟蹤張楠，一向毫無建樹的阿 Ken，難得擔任「主力」，他當然不容有失。

田廈路轉眼走盡，張楠的客貨車停在轉入屏廈路的路口，並沒閃亮指揮燈，阿 Ken 和高文猜不到他的下一步是左轉抑或右轉。

「停車，靠邊停，不要跟貼。」阿 Ken 按着高文的左肩，「待他拐彎以後，我們才駛過去。」

「那傢伙，真該死，來到路口仍賣關子。」高文把車停在一條小路前面，「害我費煞思量，不知待會吃盆菜還是吃海鮮。」

「你老是記掛吃！不要分心，盯緊張楠呀！他的客貨車隨時開行。」

「想把我撇掉？沒那麼容易。」高文擦擦雙手。

就在此時——

「得得——」

一個老婆婆用拐杖敲打阿 Ken 的車窗。

「阿婆，什麼事？」阿 Ken 放下車窗。

「係唔係于爬？」老婆婆說客家話。

「你說什麼？我聽不懂。」阿 Ken 眉頭大皺。

「于——爬——」老婆婆舉起香檳金色的 iPhone。

「Uber，她說 Uber。」高文插口。

「你別傻啦，鄉下婆怎會懂得電召 Uber。」

「阿婆，我哋唔係 Uber。」高文也用客家話回答。

「唔係，就快脆駛開，唔准阻塞村口，阻住我搭車。」

「張楠開車啦，左轉，流浮山。」阿 Ken 指着屏廈路，「別管阿婆，追！」

高文馬上開車。

即將也轉入屏廈路，他們不約而同的瞄一眼倒後鏡，但見一輛凌志房車駛到村口，停下，斯文有禮的司機跑下車，為老婆婆拉門開車。

「阿 Ken。」

「什麼？」

「你肯定沒迷路？這裏是元朗鄉郊嗎？」

「本來肯定，現在懷疑。」

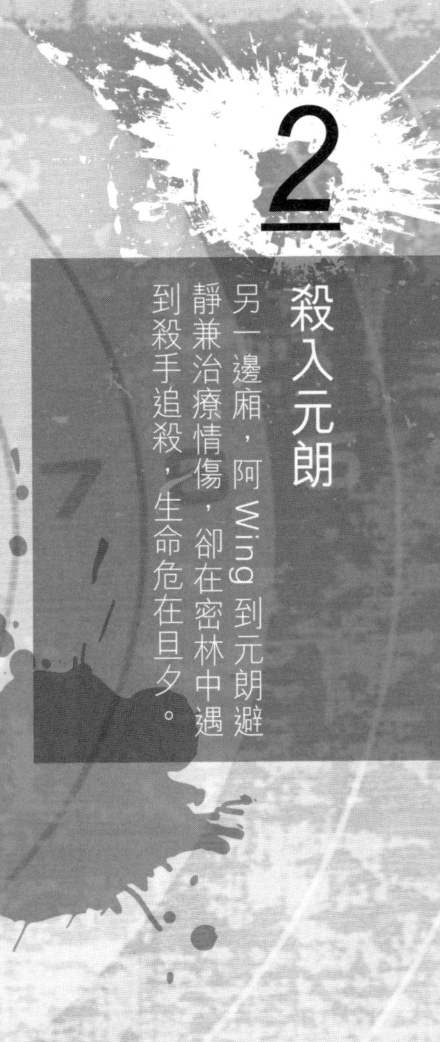

2

殺入元朗

另一邊廂，阿 Wing 到元朗避靜兼治療情傷，卻在密林中遇到殺手追殺，生命危在旦夕。

首創
白蓮
蓉
968
YUEN LONG
元 朗761P
590
P.L.
18

1

回到靠近大門的餐桌，梁賢坐定，終於可以品嚐久違的沙巴翁。他挑滿一茶匙，送進口裏。味道跟從前的有點分別，沒那麼甜，大概近年大眾關注食物健康，減鹽減糖，沙巴翁的砂糖分量減少，酒味更濃，更合梁賢的胃口。

炮製沙巴翁，各師各法，在其他食店，都混合各式水果，如藍莓、芒果、士多啤梨等，味道紛雜，梁賢獨愛原味。可惜，祖凡尼餐廳結業在即，這款少甜多酒的原味沙巴翁，恐怕成為絕響，真是相逢恨晚。

梁賢吃罷沙巴翁，胡校長仍沒回來。女人上廁所，總較男人多花一點時間，以洗手為例，女人大都塗抹梘液徹底清洗；至於男人，梁賢自問，有時懶得洗手。

「帶子墨汁意粉。」夥計端來意大利粉，「老闆知道你是忠誠的舊客，煮這碟意粉，他落足材料。」

「呵，請代我感激他的隆情。」

梁賢端詳夥計放下的餐碟，但見四隻珍寶帶子，用蒜泥和橄欖油煎至兩面金黃，佔領半壁江山；飽吸墨魚汁的意大利粉，捲成球狀，盤踞一方。色香俱佳，光看「賣相」，已令人食指大動。

梁賢試動食指，指頭竟不聽使喚，原來雙手不知何時已握起刀叉。美食當前，吃要趁熱，絕不能讓相機先吃。他叉起原隻帶子，一口咬下，嘩！不得了，外脆內軟，肉香多汁，就連這種水準的餐廳竟也站不住腳，香港人吃的品味，簡直是大倒退！

梁賢又感動又惋惜。

吞下帶子，再吃意大利粉，濃濃的墨魚汁香，挑戰味蕾，刺激大腦，他想起小嫻。小嫻怕髒，從不吃墨魚汁意大利粉，但喜歡看梁賢吃，坐在旁邊，拿着餐巾替他擦嘴，笑他是「污嘴狗」。他總嫌麻煩，常說：「吃完一次過抹吧。」

「不，你這副食相，嘴巴黑黑的，難看死了。」

「你愛抹就抹吧。」梁賢故意把嘴巴弄得更黑。

她愛梁賢的豪邁。

梁賢愛她的溫柔。

可惜，她有潔癖。

也是到了談婚論嫁，問題來了。當他們考慮一起生活時，終於明白拍拖不等同結婚，因為婚後共處一室，可以琴瑟和諧，也可以籠中困鬥。

梁賢是個率性的人，年輕時，像一匹草原上的野馬，瀟脱自由，無牽無掛。他沒儲蓄習慣，不善理財，但求心之所好，茶葉、紅酒、雪茄、田黃石、紫砂壺、黑膠唱片、絕版模型等玩意，想買便買，不問價錢，也不皺一下眉頭。他的生活不拘小節，慣於不受管束，如廁不洗手，放工回家不脱鞋、不更衣的躺在睡牀上，飯後一枝煙快活過神仙，諸如此類，對他來説，是習慣。小嫻看在眼裏，則是壞習慣。壞習慣可以改嗎？可以，例如他已戒煙，但全部改掉，就不是梁賢了，尤其婚後要節衣縮食，儲錢供樓，梁賢就一萬個不願意。談不合攏，小嫻一氣之下鬧分手，跟兩個手帕之交去紐西蘭自駕遊散心，結果不幸遇上車禍，客死異鄉。

梁賢一直內疚，當日，如果他肯遷就她，歷史會改寫，白事變回紅事。不過，矛盾得很，如果他讓步，便印證「結婚是戀愛的墳墓」，他的人生將埋沒在幾百平方呎的千萬非豪宅之內，人生苦短，要當半世樓奴，對於梁賢，也是一樁「白事」，想起也發噩夢。然而，人生苦短，幾十年轉眼便過，真愛難覓，他依然是光棍一條。世上沒另一個小嫻，沒人樂意替他擦嘴，午夜夢迴，他總發現枕上淚痕。

「你擦一擦吧。」胡校長為他遞上紙巾。

「謝謝。」梁賢接過紙巾，拭抹眼角。

「你不是用來擦嘴巴？咦，你流眼淚，什麼事啊？不舒服嗎？」

「久違的味道，一時感觸。」

「你真感性。墨汁意粉，雖然好吃，但食相太髒，我選別的。」胡校長向夥計揚手，「請給我餐牌……」

「不用看餐牌了。你不吃墨汁意粉，只剩一款大蝦焗荷葉飯。」夥計擺出一張愛理不理的嘴臉，「你的選擇是吃或不吃。」

「好吧，給我一客。」

「焗飯需時，耐心等候。」夥計懶洋洋地走開。

梁賢用紙巾擦擦嘴巴，看一眼腕錶，問：「不替張先生點餐嗎？焗飯要等哩。」

「不必了。他相約朋友在流浮山吃午飯，飯後開車過來接我。他在市區長大，對祖凡尼沒感情，沒興趣來懷舊。」

梁賢怔了怔，裝作若無其事地繼續低頭吃他的意大利粉，心裏反復咀嚼胡校長的話。她獨自返回元朗懷舊，她對祖凡尼餐廳有感情，這份感情與她的丈夫無關，然則，她舊地重遊，睹物懷人，那人難道是未曾拍拖已分手的「初戀情人」？

初戀永遠教人回味，回味是最美好的，過去就讓它過去。

正如輕鐵列車駛到交匯處，其他車輛必須守規矩，安安分分地停下，讓它過去，不然的話，可能引致受傷。

所以，梁賢選擇不作他想，安安分分地，繼續吃意大利粉。

2

阿Wing嫌山路崎嶇迂迴，乾脆走捷徑，攀上樹頂，仿傚猿猴，抓握枝幹，於樹木之間跳躍而過。樹下的阿漆，輕功雖有所不及，但勝在腳力和毅力俱佳，他不望超前，卻不甘落後。於是，一個在樹上瀟灑飛盪，一個在路上默默追趕，位置的高下顯而易見，比試的高下一時之間倒也難分。

高高低低的盪了一會，阿Wing突從樹頂跳落地面。阿漆奔至，不虞阿Wing毫無先兆的從天而降，收步不住，兩人幾乎撞在一塊。

「喂！你幹什麼停下來？」阿漆推阿Wing的背，「我不需要你讓……」

「那邊，看。」阿Wing咬咬下唇，撥開長草，走進樹叢深處。

「看什麼？」阿漆見阿Wing神色凝重，連忙跟在後面，看個究竟。

「若非從高處向下望，很難揭發這……兇案。」

「兇案?」阿漆也看見了，不禁咬牙切齒，罵道：「真可惡！」

他們一先一後到達「兇案」現場。七、八株沉香樹慘遭砍伐，只剩斷幹殘枝在慢慢枯死，旁邊另有五、六株沉香樹的樹身被鑽滿孔洞，斬樹黨在孔洞內注入菌液，加速樹幹結香，一段日子後，結香完成，他們便回來砍樹。

「好好的樹木，欣欣向榮，為了財利，把它們弄傷砍斷，趕盡殺絕，那些人簡直喪盡天良。」阿 Wing 撫着樹身。

「沒辦法，供求失衡。沉香木有價有市，小小的一塊，炒賣價動輒過百萬人民幣。中國各地的野生沉香，都已濫伐淨盡，只剩香港，斬樹黨不南下犯案才怪呢！」

「雖然沉香具藥用價值，但類似的療效，總有其他藥物替代，無需打沉香的主意。」

「阿 Wing，你有所不知了，人們享用沉香是炫耀財富與高尚。」

「此話何解？」

「幾年前，我在廣州見過一個沉香盛會，主辦者在台上燒十幾爐沉香，請來十幾個漂亮女子穿上唐代服裝，低胸那款，演奏古箏、琵琶；台下大排筵席，喝名酒，吃佳餚，燒雪茄，場面熱鬧。」

「呸！俗不可耐。」阿Wing忿忿不平，「沉香使用得法，本是一種高雅的享受。那班酒囊飯袋，煮鶴焚琴。」

「如何才使用得法？」

「唐詩有云：『金槽和碾沉香末，冰碗輕涵翠縷煙，分贈恩深知最異，晚鐺宜煮北山泉。』你想像一下，三五知己聚首，汲山泉水混入沉香末烹茶，品茗賦詩，這才是雅興。那班人飲酒吃肉，喧嘩嚣嚷，燒不燒沉香，奏不奏古樂，都沒分別。」

「唉！當一個國家窮得只剩下錢的時候，光怪陸離，層出不窮。」

「總之，豈有此理！」阿 Wing 深呼吸一下，「好，牢騷發過，走。」

「沙沙……」

樹叢外，山徑上，有人走動。

阿 Wing 與阿漆同時一愕，因為聽得出，這人的步履輕中帶穩，快而有力，似是練武之人，而且武功不弱，並非一般遠足郊遊者。

阿漆回望一眼那些被砍的沉香樹。

阿 Wing 搖頭，意謂以此人的武功修為，不可能淪為斬樹黨。

阿漆指一下山頂，意謂人家走陽關道，我們走獨木橋，各不相干，阿 Wing 點頭稱是。

兩人穿出樹叢，卻見一個灰衣大漢，雙手叉腰，站在山徑之上，神經質地厲聲喝問：「你兩個鬼鬼祟祟的，躲在樹叢裏，是山賊嗎？想打劫老子？」

「你有什麼東西給我們搶劫呀？」阿 Wing 帶笑問。

「老子一身寶貝，有本事就過來拿。」大漢一拍胸膛，「來，兩個一起上。」

「算啦，多一事不如少一事。」阿漆移步擋在阿 Wing 身前，「喂，大塊頭，你不要多疑。我們也是過路的，跟你一樣，各走各路吧。」

「沒那麼巧合吧？偏僻山野，偌大的一座山頭，老子一越境到達香港，就遇上你兩個。你兩個一定衝着老子而來，在此攔途截擊。」

「哈，阿 Wing，這傢伙不打自招，招認非法入境，我們要通報入境處嗎？」

「你就是阿 Wing？」大漢兩眼發亮，「好耶！真箇踏破鐵鞋無覓處，得來全不費功夫，老子這趟行運了！」

「言下之意，你專程來香港找我？」

「何止找你，老子專程來，殺你——」

大漢一掌拍向阿 Wing 前額，掌風凌厲，出手就是一記殺着。

阿 Wing 和阿漆見大漢神色有異，目露凶光，早有預備。巨掌擊至，兩人分左右躍開。

路旁一株松樹中掌，「喀嘞」一聲斷作兩截。

「開山掌。」阿Wing瞪大雙眼。

「開山劈石，摧枯拉朽。算你有眼光，認得老子的開山掌，不過，也難逃一死。」

「你是北京孟家的後人？」

「沒錯。」

「且住！我跟你無仇無怨，何以痛下殺手？」

「你去問閻王啦！再吃老子一掌，喝！」

阿Wing和阿漆互望一眼，心領神會，大漢掌力沉雄，不能硬接，兩人合作無間，一個眼神已明白彼此心思。阿漆打開腰包，往內一摸，喊道：「看暗器——」隨手擲出。

白光閃閃，兩物飛來，大漢低頭閃避。兩個扁鋁罐在他的頭頂掠過，「卜」的打折身後的樹枝。大漢不管阿漆，待要追擊阿 Wing，抬頭，阿 Wing 不見了。

「人呢？」大漢訝然。

阿漆舉起食指，指向上方。

大漢向上望，頭頂松針灑落如雨，阿 Wing 在「雨絲」之間俯衝而下，五指如爪，直取大漢雙目。大漢運起內勁，舞動一雙鐵掌，護住頭臉，忽地想起下盤空虛，卻已太遲，阿漆俯身一滾，施展「地堂腿法」，大漢的左腿彎、右腳跟，都給掃中，失去重心，「噗」的跪倒地上。此時，阿 Wing 變爪為指，點中大漢的神台穴。大漢悶哼一聲，頓失知覺。

「此人是什麼來路？」阿漆一擺腿，從地上翻起，拍淨身上灰塵。

「我沒見過他，只知北京的孟老拳師，以一路開山掌法，打遍大江南北。按此人的年紀，該是孟老的弟子，甚或再傳弟子。」

「你與孟家有仇？」

「素無過節。」

「他千里迢迢南下，指明要殺你。」

「奇就奇在這裏。殺我，到底為了什麼？」

阿 Wing 瞧着癱在山徑上的陌生大漢，百思不得其解。

3

張楠開着客貨車，沿屏廈路往流浮山方向前進。

昔日，元朗平原曾被稱為「漁米之鄉」，盛產絲苗白米、烏頭魚，以及各種農產品，屏廈路兩旁盡是農田和魚塘，阡陌縱橫交錯，塘堤上種滿垂絲楊柳、白皮的尤加利樹，綿延不絕。然而，經歷二、三十年的變遷，今天已變得面目全非，廣闊的地土，不是荒地，就是露天貨倉、貨櫃場。為適應重型車輛行駛，當局雖已加闊和加固路面，但貨櫃車、大貨車實在太多，路面損耗不斷，沿路盡是破爛後的修補，修補後的破爛，大小窟窿，長短裂痕，五米一隙，十米一洞，路面長期處於「有待改善」的狀況，不知何年何月才得到徹底改善。

高文專注跟蹤張楠，無心也無意避開路面凹凸，「吭咚」一聲，左前轆輾過一處低陷，車子上下跳動，恰巧阿 Ken 拿果仁吃，屁股一震，手一抖，果仁散落車廂周圍。

「哎呀！你小心一點嘛，浪費食物……」阿Ken一邊埋怨，一邊低頭撿起褲襠上的果仁，塞進口裏，儘量減少浪費。

「軋——」高文把車煞停。

阿Ken向前急傾，剛撿到手的果仁，不慎丟在鞋邊，弄髒了。阿Ken臉色一沉，埋怨道：「幹啥？停車不追，罵你一句便發脾氣。」

「前面，修路呀。」

阿Ken抬頭一看，紅色的「STOP」指示牌正正的豎立在擋風玻璃前面，修路工人用水馬封閉對面的行車線，忙着掘開路面，重鋪瀝青。

張楠的客貨車不見了。

「工人轉動指示牌時，張楠衝了過去。」高文未待阿Ken質問，搶先解答。

「你也衝嘛！」

「你嫌命長麼？」

一輛雙貨櫃卡車切入唯一開放的行車線，沙塵滾滾的迎面而來，「逢隆逢隆」的在他們的 New Beetle Black Orange 甲蟲車旁邊擦過，像一頭非洲巨象幾乎踩中一隻在草尖顫抖的小甲蟲。如遇上地震一般，甲蟲車左右搖擺，快要解體似的。他們斜眼仰望，車窗外，兩個高逾九呎的貨櫃昂昂然而過，遮天蔽日，充滿壓迫感。馬路收窄，貨櫃車司機卻沒刻意減速，路面凹凸不平，貨櫃左傾右側，假若塌下來，甲蟲車定遭砸扁。

「好驚呀！」高文掩着心口，「待會要多吃兩隻酥炸生蠔壓驚。」

「生蠔具壓驚功效？有什麼醫學根據？」

「沒醫學根據，我愛吃而已。」

「吃！工人噚動指示牌啦，開車！」

高文看時，工人把指示牌轉為綠色的「GO」。

「Go！Go！」高文踩油，甲蟲車向前飆馳，濺起一陣泥塵。

被修路工程所阻，他們跟張楠的距離拉遠，高文明白要急起直追，要把客貨車保持在視野之內。

幸而，張楠一直駛至流浮山，中途並沒轉入橫路。他若躲進其中一個貨櫃場裏，高文與阿 Ken 又錯過的話，他們老遠從尖沙咀跟蹤至此，會變得徒勞無功。

「看，他在迴旋處，轉左。」沒給張楠甩掉，阿 Ken 鬆一口氣。

「迴旋處左轉……」高文瞟一眼儀錶板上的 GPS，「他前往下白泥。」

「照跟可也。」

「不能照跟，我們要改變策略。」

「為什麼？」

「流浮山通往下白泥的，是一條車輛疏落的單程路。我們跟在他後面，沒其他車輛掩飾，突兀異常，不消兩分鐘便給他發現，所以，我們要用 Plan B。」

「我們有 Plan B？」

「有，截停他，嚴刑逼供。」高文追至迴旋處，扭動方向盤，也急急往左拐，把甲蟲車開進通往下白泥的單程路，加速追趕張楠的客貨車。

「不可魯莽。」阿 Ken 勸阻。

「我自有分數。」高文不聽。

車窗右邊的后海灣，風平浪靜，水波不興。對岸的蛇口，高廈林立。一水之隔的流浮山仍舊漁村規模，兩相比較，香港發展停滯不前更加明顯。十年河東，十年河西，上世紀六、七十年代，蛇口還是一片荒蕪，為「人蛇」橫越后海灣偷渡至香港的出口熱點，故名蛇口，現在中國崛起，一躍成為世界第二大經濟體，掙錢門路多的是。相反，香港的發展優勢日減，經濟下滑，時移世易，所謂「偷渡落香港謀生」，已是陳年舊聞，今天絕無僅有。

不過，偷渡落香港犯案，則偶有發生。

此時，一艘機動舢舨自蛇口出發，悄悄駛過后海灣，差不多抵達下白泥海邊的泥灘。

一名長髮女子盤膝端坐船頭，一動不動，海風把她的長髮吹得散亂。

阿 Ken 注意到海面的「不尋常」，遂拉開儲物格，抓起望遠鏡察看。那女子並非漁民打扮，衣飾頗為入時。再看舢舨的前進方向，似乎與客貨車是一致的，車與船極可能在泥灘某處相遇。

「不要輕舉妄動，張楠看來是接船上的女子。」

阿 Ken 猜對，張楠把客貨車泊進路邊半月形的避車處，舢舨亦開始靠岸。

「下一步如何？超越他嗎？不妥當；現在停車？停在路中間，也不妥當。」高文一路自問自答，筆直的駛過去，乾脆把甲蟲車停在張楠的客貨車後面。

「你想幹什麼？」阿 Ken 大急。

「你們想幹什麼？一路跟蹤我來到這裏，有何意圖？」張楠下車喝問。

阿Ken硬着頭皮下車，反駁硬撐：「這條不是私家路，大家都可以開車進來，你憑什麼誣蔑我們跟蹤你？」

「你們不是跟蹤我，因何來下白泥？」

「你又因何來下白泥？」

「就是這裏了，導演。」戴上蜘蛛俠頭套的高文，「呼」的跳出車廂，躍上路旁一塊大石，撕開襟前衣鈕，露出貼身而穿的蜘蛛俠戲服，背對后海灣，張開雙腳，呈M字形蹲下，右手支地，擺出一個典型的蜘蛛俠姿勢。

「瘋子……」張楠給嚇了一跳，慌忙退後。

「導演……咳咳……我是……電影導演。唔，不妨告訴你，我們來下白泥看外景。」阿Ken配合高文，取出手機，切換拍攝功能，從不同角度為「蜘蛛俠」取景。

「你們拍什麼戲？」張楠將信將疑。

高文身後，舢舨已經靠岸。長髮女子携着一個大提琴箱跳離舢舨，走在泥灘中央一條卵石小路之上，慢慢走向張楠。

「《葉問大戰蜘蛛俠》。」高文信口雌黃。

「仍是甄子丹飾演葉問？」

「當然。」

「誰演蜘蛛俠？不是你吧？」

「當然不是，我是助導，擺幾個姿勢給導演參考。」高文向前甩手，擺出一個放射蜘蛛絲的動作，「至於誰演蜘蛛俠？不方便透露，總之是荷里活巨星，你到時買票入場欣賞吧。」

女子來到張楠身旁，她的面形尖削，神態冷傲，皮膚蒼白得毫無血色，近乎病態。張楠在她的耳畔細聲交代，她盯着阿Ken的手機，張楠會意，趨前問：

「導演，讓我看看你剛才拍攝的照片，可以嗎？」

「有何不可？」阿Ken擺擺手。

女子把大提琴箱平放在客貨車的後座，打開箱扣。

「嗨，你好，我是蜘蛛俠。」高文向女子點頭招呼，「歡迎光臨香港。」

女子一言不發。

「你這樣做，我舉腳贊同。」高文朝她豎起拇指，「港鐵的處事手法，僵化且無理，不准許乘客攜帶大型樂器，你杯葛港鐵，改坐舢舨，我給你一個讚。」

張楠檢查一遍阿Ken剛拍的照片，全是蜘蛛俠，沒一幅把他或女子攝進鏡頭，便放心回到女子身邊，小聲說：「沒問題。」

女子「卡」的把大提琴箱重新扣上，登車坐好，關上車門。

張楠跳上駕駛座，開車拐彎，駛回流浮山。

「好險！」阿Ken瞧瞧客貨車，把手機遞到高文臉前，問：「左眼還是右眼？」

「左眼。」

阿Ken伸指頭點按屏幕，再把手機移近蜘蛛俠頭套的左眼。那「眼」原來內置拍攝功能，收到阿Ken的訊號指令，自動把影像檔案傳到阿Ken的手機，剛才高文跟女子搭訕時，已拍下她的容貌。

檔案轉移成功，阿Ken再掃撥手機屏幕，並把通話耳機塞進耳孔，說道：「露絲，我把照片傳給你，請跟進，查一下相中人的底細。」

「收到。」露絲應道。

「收工。」高文拉扯阿Ken的衣袖，「走，到流浮山吃酥炸生蠔去。」

「不可收工。」露絲的音調略帶興奮的提高，「查到了，那女子是國際刑警的通緝犯，叫銀狐，是個極度危險的人物，過去五年，幾個國家的政要暗殺案件都與她有關。」

「銀狐？啊！我記起了，殺手銀狐，冷血狡猾。」阿Ken錯愕，「想不到她在流浮山出現。她來香港，要暗殺哪位政要？看來，我們要繼續跟蹤她了……」

「還跟蹤？既然證實是通緝犯，我們捉人啦！」高文一個箭步竄回甲蟲車內。

「銀狐是個厲害腳色，不易應付。」

「阿漆和阿 Wing 湊巧也在元朗，我通知他們，趕去流浮山給你們支援。」露絲道。

「阿 Ken，你還不上車？」高文啟動引擎，「趁銀狐還在流浮山，我們要趕快行動，不能讓她溜出市區。」

「你沒聽見露絲的話嗎？」阿 Ken 勉為其難地上車，「你心急什麼？我們要等候阿 Wing 和阿漆。」

「軋——」高文全速追趕張楠和銀狐，甲蟲車「甩尾」直衝。

「啊！」阿 Ken 及時抓緊車門上方的把手。

「我聽見露絲說什麼，頭套裏的通訊器操作良好。不過，正如我先前所說，做事要有彈性，我們這就動手，無需等候阿 Wing 和阿漆。」

「就憑你和我？」

「憑你當然不能，我絕無問題！」

「你不要胡作非為……」

「我是蜘蛛俠，專門對付邪惡壞人，本領愈大，責任也愈大，呵呵，銀狐，我來也！」

「瘋子……不要……」阿 Ken 大驚失色，滿臉惶恐，曲起雙手，保護頭臉。

張楠的客貨車載着銀狐正在左轉，順時針方向駛進迴旋處。高文開着甲蟲車風馳電掣的追至，以逆時針方向右轉，在通往元朗的迴旋處出口，「轟」的攔腰把客貨車撞停。

登時，甲蟲車的車頭毀爛，氣袋彈出，把高文和阿 Ken 塞在前座。

客貨車的右側車身大幅凹陷，張楠被變形的方向盤和車門夾着，動彈不得，痛苦呻吟。銀狐並沒受傷，一陣暈眩過後，她定一定神，隨即從左側車窗爬出車廂。

「嗚……」警笛聲從遠處傳來。

途人報警，警車聞訊前來處理車禍。

銀狐想搬走大提琴箱，但車門打不開，車窗太窄，她唯有打開箱蓋，從武器當中，揀了兩柄手槍，插在腰間。

警察將至，她不敢逗留，徒步跑向前面的爛地停車場。一輛 Audi 房車駛出停車場，司機戴着「藍芽」，跟線路的另一端通話：「老婆，我現在過來接你。咦，流浮山迴旋處撞車……」

銀狐拉開 Audi 的車門，坐進副駕駛座。

「小姐，你不能……」

銀狐抽出手槍，指嚇司機。

「呀！手槍……救命……」

銀狐扯脱司機的「藍芽」，關掉他的手機，冷冷地說：「你送我一程，不合作的話，我送你一程。」

「是，是，你要去哪裏？」

「離開流浮山再說，開車。」

司機不敢不從，唯有聽命，開車前，慣性瞥一眼右側鏡，但見一個蜘蛛俠迅捷跑近，不禁「啊」了一聲。

原來，高文爬出車廂，看見銀狐登車逃走，一面追過去阻截，一面報告：「露絲，不好了，我們撞車，銀狐跑上一輛白色Audi，脅持司機……」

銀狐也看見高文追來，上半身攀出車窗，瞄準高文，開槍——

「呯——」

高文倒地。

4

「喂！老公，你說什麼？我不明白……喂……老公……」胡校長瞧着手機，一臉狐疑。

「是不是那種猜猜我是誰？」梁賢放下刀叉，「騙徒冒認是你的親人。」

「不，說廣東話的，認得是外子的聲音，來電顯示也是他的手機號碼。」

「打電話給他問一下，可能，他不小心中斷線路。」

「對。」胡校長按鍵「覆電」，但電話未能接通。她更感不安，道：「他的為人一向嚴肅謹慎，不會無緣無故掛線。我擔心他遇上意外，因為斷線前，他依稀提及手槍，又似乎呼叫救命。」

「有點不妥，給我他的電話號碼。」

胡校長把手機遞過去。

梁賢瞧瞧屏幕，取出手機，致電阿莫，道：「阿莫，替我追查這個電話號碼30624770，我要知道那手機目前的位置。」

「查到，位置在流浮山迴旋處附近。」

「謝謝。」

「梁賢，等一等，別掛線。」

「什麼事？」

「你目前的位置是……元朗，太好了。阿Ken和高文兩分鐘前在流浮山進行逮捕，遇到麻煩，需要支援。」

「什麼麻煩？」

「其中一個目標人物逃上一輛白色的Audi房車，脅持司機。」

「沒那麼巧合吧？」梁賢暗叫不妙，挪開電話，向胡校長求證：「張先生開什麼類型的汽車？」

「Audi。」

「白色的？」

「對，你怎知道？他發生意外？」

梁賢沒回答，繼續跟阿莫通話：「我馬上趕去流浮山。」放下鈔票，立即離開祖凡尼餐廳。

「梁賢同學，且慢，到底出了什麼事？請你跟我說明。」胡校長急步追在後面。

「你鎮定，消息仍未證實，只知有歹徒在流浮山脅持一輛白色Audi房車的司機。」

「啊！天呀……」胡校長彷彿遭逢晴天霹靂。

「我過去看看，不管司機是不是你的先生，我一定把他救出。」

「我也去。」

兩人走出餐廳，梁賢掃一眼四周，最快捷的交通工具，莫過於交通警員泊在樹底下的電單車，於是再聯路阿莫：「我要徵用一輛警方的電單車，車牌是AM689。」

「知道，我馬上安排。」

梁賢走到電單車前面，從衣袋裏掏出Ray Ban太陽眼鏡，戴上，再拿起擱在車頭的頭盔。

「喂！你幹什麼？」年輕的交通警員趕來制止。

「你來得正好，請給我車匙。你聯絡當值的指揮官，他會向你交代。」

「叔台，可不要開玩笑……」

「我沒時間跟你開玩笑，你打一通電話向上司求證，有何困難？」梁賢流露前輩的威嚴，「還有，不要稱我作叔台，頭髮白不代表年紀大。」

年輕警員上下打量梁賢一眼，姑且拿出手機。

胡校長回過神來，暫時放下丈夫疑遭槍手脅持，想起在餐廳內梁賢回答目前的工作、一通電話便查出丈夫的位置，以及現在徵用警方的電單車，不禁暗暗吃驚，跟前這位舊同學，為人處事，總是出人意表。

「是……是……我明白……」年輕警員唯唯諾諾，掛線時，一臉不可思議的表情。

梁賢張開手掌，年輕警員乖乖把車匙放在梁賢的掌心。

「特工」兩個字，再次衝擊胡校長的思維，畢竟電影裏的形象過分深入民心，她一直以為特工是湯告魯斯、皮雅斯布士南、麥迪文……

梁賢跨上電單車，戴上頭盔。

「請帶我同去。」胡校長央求。

梁賢用指頭敲敲頭盔，愛莫能助地聳聳肩頭。

「這裏有個備用頭盔。」年輕警員熱心地打開車尾的儲物格，拿出另一個頭盔。

「你要坐便坐，但救人如救火，我會以高速行車，絕不遷就你。」梁賢啟動引擎。

「唔。」胡校長一咬牙，快快戴起頭盔，年輕警員扶她一把，攀上車尾。

梁賢「轟」的扭下油門，鬆開離合器，電單車如脫韁快馬般衝出雞地迴旋處，避開對頭車，衝過輕鐵路軌，逆線右轉切入元朗大馬路，切入快線，遇上紅燈。梁賢按亮紅藍閃燈，指令其他車輛讓路，衝過十字路口，衝過斑馬線，逢車過車，左右穿插，高速飛馳。

胡校長張大嘴巴，慌得不斷喊叫。為怕從車上摔下，她一手按住裙襬，一手從後攬緊梁賢，觸感結實強橫的肌肉，不知是否生平第一次坐電單車，還是車速太高，抑或其他原因，總之她的一顆心卜卜猛跳。

十秒不到，已衝出元朗市中心。青山公路旁邊的建築物，元朗警署、元朗大會堂、水牛嶺公園、蜆殼油站、御豪山莊、唐人新村等等，一一以高速後退。眼前景象，胡校長似曾相識，封塵的記憶，逐漸浮現腦海之中。四十年前，在同一路段的單車徑上，後退的建築物不一樣，速度緩慢許多，交通工具也不一樣，那時，坐的是一輛黑色的蝴蝶牌單車，她坐在後面，不過，在前面踩的，同樣是梁賢同學。

胡校長心頭顫悸，立即從回憶裏抽身而退，返回現實，畢竟丈夫的安危成疑，她不應胡思亂想。

3

獵頭追殺令

阿 Wing 人頭有價，竟有人花天價僱頂級殺手追殺他，究竟幕後買兇者是誰？

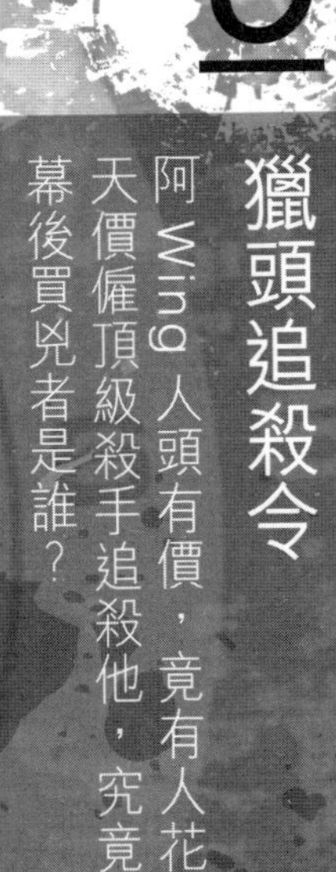

1

特工基地之內，情報組氣氛肅殺，阿 Ken 與高文突然失去聯絡，阿 Wing 與阿漆又聯絡不上，大家唯有依靠元朗警方、救護車的通訊，希望儘快搞清楚流浮山迴旋處到底發生什麼事？阿 Ken 與高文可有危險？

然而，資訊很零碎，由於警察剛到場，所知有限，只知兩車相撞，根據目擊者的初步口供，以及路面的車胎痕跡，甲蟲車攔腰直撞客貨車，客貨車司機、甲蟲車乘客各被困車內。另外，現場附近曾傳出槍聲，因沒目擊者，不知誰人開槍，也不知有沒有人中槍。

露絲又擔心又後悔，回想起來，她的確輕看這次任務，以為是一般的跟蹤和搜集情報，便向M建議派阿 Ken 帶同高文負責，她造夢也想不到，銀狐現身，而高文又不受控制，魯莽行動。幸而梁賢在元朗，唯有寄望他短時間內趕抵現場，撥亂反正。

至於阿 Wing 與阿漆，露絲倒不擔心。阿漆今早動身時提過，估計阿 Wing 返回師父的故居清靜一下。露絲雖沒去過元朗，但知道他們的師父避居深山，故居位於網絡覆蓋範圍以外，聯絡不上，不足為奇，而且有阿漆伴着阿 Wing，絕不會出現高文加阿 Ken 的糊塗情況。

「誰有高文與阿 Ken 的消息？」露絲第三次詢問。

「我找到一些。」終於有人回答，是蘇珊，她說道：「截聽到最新的警方通訊，在撞車現場的甲蟲車內，找到一個胖子被防撞氣袋塞在前座。」

「聯絡警方。」

「已聯絡元朗區的指揮官，現場警員會儘量跟阿 Ken 合作。」

「一說曹操，曹操即到。」阿莫在另一邊喊道：「阿 Ken 來電，他使用警員的手機。」

「接過來。」露絲戴上耳筒，「阿 Ken，你有受傷嗎？」

「肚腩和肩頸有點痛，希望沒大礙。」

「高文呢？」

「高文？不見人啊！」

「他在通訊中斷前，説去追截銀狐，之後，傳來槍聲。」

「左近不見他的死屍，證明他即使中槍也死不了。」

「你為什麼不用自己的通訊器材？」阿莫插口問。

「唉！剛才撞車，耳機丟了，手機壞了。露絲，可以出公數買新手機嗎？」

「我私下賠一部給你，張楠的情況如何？」

「謝謝，我要最新的 iPhone。唔，張楠的傷勢頗重，救護員正把他扛上白車。我會跟着去，看看有沒有機會盤問他。」

「張楠是關鍵人物，銀狐偷渡入境，必有所圖，你務要從張楠口中，套出銀狐的目標。」

「一定。不說了，我要上救護車……師兄……等一等，我也是車禍的傷者……」

「你問到什麼，立即匯報。」

「知道，我要歸還電話，拜拜。」

阿Ken才掛線，高文的叫聲經特工通訊網絡再次響徹情報中心。

「報告，報告，我是蜘蛛俠，聽到嗎？」

「我們聽到了。」蘇珊立即回應。

大家聽見高文恢復通訊，都放下心頭大石。

露絲問：「你在哪裏？高文。」

「伏在……一架貨櫃車頂，風很大……車很震……」

「我們先前聽見槍聲，你可有受傷？」露絲自覺明知故問，高文能夠爬上貨櫃車頂，足以證明他並沒中槍，但程序上一定要他親口確認。

「沒事，龍精虎猛……」

原來高文見銀狐攀出車窗，手裏拿着槍，已作好準備。她一開槍，他就橫身倒地，假裝中槍，兼避開子彈，待Audi房車駛遠，他爬起身，追上一輛路過的貨櫃車，抓握貨櫃門上的橫柵，借力彈躍，飛上櫃頂。

「……我一路追蹤銀狐。那臭婆娘開槍射我，一有機會，我要把她揪出Audi，揍她兩拳，消我心頭之氣。」

「萬萬不可。」梁賢的聲音插進通訊之中，「銀狐脅持司機，高文你若胡亂行動，危害人質安全，我定找你算帳。」

「我怕你麼？但，你會怎樣對付我？」

「脱掉你的褲子，拿乒乓球拍打你的屁股。」

「如此歹毒！好，我怕你。」

「報告位置。」

「剛經過天華路口，Audi沒轉進天水圍，繼續沿屏廈路駛向元朗。」

「好，我在屏山附近。露絲？」

「是。」露絲等人莞爾，原來高文害怕打屁股，大家心裏有數，知道日後如何整治他了。

「你通知警方在廈村路口置設路障，截查所有駛向元朗的汽車，一來製造交通阻塞，拖慢銀狐，二來防止銀狐從田廈路經洪水橋逃出市區。」

「明白，照辦。」

「所有人待我到場後，才採取行動，特別是高文，不能放肆。」

「知道啦，長氣，老人院也不收你這個白頭佬。」

老人院？梁賢笑了笑，他又一次證明世人的無知，總以為白髮等同老邁、衰敗。每朝照鏡，他看見的是歷練、成熟。世人無知，他愛莫能助；沒人懂得欣賞，他孤芳自賞。

他盡扭油門，引擎「隆隆」，電單車猛衝一段直路。車速高得嚇人，猶如亡命飛車，路人看見，莫不膽戰心驚。

他只顧向前衝，忽略了後面，就在這短短的一段路上，後面的乘客已完全豁出去，依靠着他，把生命託付給他。

2

阿Wing踢踢躺在地上的灰衣大漢，大漢毫無反應。

「如何處置他？通知警方跟進？」阿漆掏出手機，瞧瞧屏幕，沒網絡。

「不，這人看來有點來歷，而且他一知道我是阿Wing便出手攻擊，招招取命。我要問清楚來龍去脈，來，弄醒他問話。」

「那麼，先鎖起他，以防他反抗，給我手銬。」

「我沒帶手銬，用你的腰帶吧。」

「我今天穿運動褲，沒腰帶，用你的。」

「沒腰帶，我的褲子會掉下來，用他的。」

「好主意。」阿漆蹲下，解掉大漢的腰帶，權充繩索。

阿Wing擰開水壺，待要把大漢淋醒，此時，身後的山路上，遠遠傳來人聲，光聽腳步聲，似有兩三個人，快步而來。

今天不是假日，這條偏僻山徑，怎會如此熱鬧？

再者，除非參加限時完成路段的「毅行者」，一般人行山，步伐多是輕鬆閒逸，不會急趕匆忙。

兩人不敢大意，阿漆趕快反縛大漢，阿Wing揪起大漢雙腿，把他拖進長草叢中。搞定後，兩人各自躍到路旁兩株柏樹之上。

來人即使是普通行山客，給他們看見大漢被綁，總欠妥當，為免招致誤會，還是不讓他們知道。

阿Wing與阿漆才躲藏枝葉之間，人聲已臨樹下。低頭一看，兩人均覺躲得沒錯，因來人不似行山客，亦非本地人，都是彪形大漢，各揹一個重甸甸的大背包，口叼香煙。

居首的人回頭喊道：「二弟、三弟，加快腳步吧！你們也知道，姓孟那廝偷步，早我們半天出發。」

「你心急什麼？早半天、遲一天，結果都一樣。」中間的人道。

「老大擔心給姓孟的找到阿 Wing。」最後的人道。

阿 Wing 一怔。

「給他找到又如何？」中間的人反問。

「白癡問題！」最後的人反駁，「先找到，先殺，先領錢。」

「你才是白癡！姓孟的若有本事，殺就讓他殺。」

「你説得倒輕鬆，這樣，我們豈不是空跑一場！」居首的人不以為然。

「老大，你忘記條款指明，以阿 Wing 的首級為憑嗎？」

阿 Wing 詫異地摸摸頭。

「我沒忘記……」

「哈，我明白二哥的意思了。北京的買家認貨不認人，不管誰人割下阿 Wing

的首級，總之見首級付錢。」

阿漆用手刀在頸前一抹，伸伸舌頭，向對面樹上的阿 Wing 做一個斬首的手勢。

「呵呵，二弟虧你想得出，姓孟那廝割下阿 Wing 的首級，螳螂捕蟬，黃雀在後，我們再搶首級。三個打一個，我們必勝無疑。」

「好計策啊！哈哈……」

三人走遠，笑聲漸被鳥叫蟲鳴所蓋。

山風拂過，阿 Wing 搓搓頸項，不寒而慄。

從樹冠跳下，阿漆作勢砍阿 Wing 的頸，笑道：「想不到你的死人頭，倒也值錢。」

「你還說笑！趕快弄醒那姓孟的，問個明白。」阿 Wing 踢撥草叢，可是——

「人呢？我明明把他收在這堆鼠尾草後面……」

「你看。」阿漆撿起兩截從中扯斷的腰帶，「看來，他掙斷綑綁，跑了。」

阿Wing托托眼鏡。目前情況，北京有人出高價收購他的頭顱，於是殺手空羣南下，要割他的首級拿去換錢。他行走江湖多年，仇家惹下不少，有人要殺他，倒不奇怪，但這趟，他有個奇怪的感覺，不似一般的江湖恩怨。一般江湖仇殺、間諜暗殺，幕後金主只需確定目標已遭殲滅便會付錢，無需多此一舉的要殺手帶首級登門換錢，此舉，反令金主從幕後浮上水面，百害而無一利，除非金主與目標之間，存着什麼不共戴天之仇，務要拿目標的首級作一些洩憤式的舉措，例如祭祀、鞭撻。

「到底誰人跟我如此深仇大恨……」

就在此時，山坡外側的一塊凸出的花崗岩後面，有人靜靜舉起手槍，對準阿Wing。

3

一路風馳電掣，轉眼間，梁賢載着胡校長來到廈村路口。一如梁賢的指示，警察在路口設置路障，截查所有開往元朗的汽車，造成交通擠塞，屏廈路積聚長長的車龍一直延向流浮山，看不見盡頭。

駛過路障後，梁賢問：「高文，報告位置。」

「我在這裏。」

看時，車龍中間，一輛貨櫃車頂，蜘蛛俠在手舞足蹈。

「銀狐在哪？」

「她的 Audi 剛離開車龍，駛進……錫降村。」

「好的。露絲，通知警方，撤除路障，改為封鎖錫降村各個出入口。」

「收到。」

「好耶！我們進村獵狐。」蜘蛛俠在貨櫃車頂雀躍不已。

「你這身奇裝異服，太惹人注目，快快給我退下！」梁賢喝止。

「遵命。」高文「咻」的從貨櫃車頂跳下。

梁賢不再理會他，一逕從車龍中間穿過，駛入錫降村。

村口的空地前，停了一輛白色的 Audi。

「那是外子的汽車。」胡校長大力搖梁賢的肩頭。

「曉得。」梁賢開到 Audi 後面，停下，除掉頭盔，拔出得心應手的 M10 左輪手槍，再扶胡校長下車。

經過先前的徵用警方電單車、指示警方擺設路障，胡校長看見梁賢持槍，只覺理所當然，再沒大驚小怪。

Audi 車上，空無一人。

胡校長也除下頭盔，不見丈夫，她急得團團轉，不住左顧右盼，果然發現丈夫和一個女子，走在兩列村屋之間的小巷內。

「那邊，他們在那邊……」

「我聽見了，不要吵。」梁賢已舉起手槍，以聽力瞄準，右耳、右肩、槍管、小巷成一直線，「我要聽清楚才開槍。」

「聽？你不看目標？小心，別射中外子。」

「請你，別站在我眼前，可以嗎？」梁賢忍住。

「可以……」胡校長看見梁賢的神情古怪，雖然不解，但仍乖乖合作，移到梁賢左側，畢竟丈夫的性命攸關。

梁賢集中精神，施展他的「聽聲槍」本領。小巷內，男的步履拖泥帶水，女的矯健輕靈，非常容易分辨，一槍命中那女的，他十拿九穩。可是，空地與村屋之間的小型遊樂場上，那些得意忘形地玩耍的小孩，卻令他有所顧忌，尤其那瀊鞦韆的女孩，瀊幅愈來愈大，隨時阻礙子彈的飛行軌道，誤中流彈的機會很大。

「追吧！」梁賢權衡利害，最終放棄，收起手槍，朝村屋追去，不敢冒險槍傷小孩。

銀狐脅持人質走進小巷深處，拐彎不見了。

「校長——」、「校長——」、「校長——」

遊樂場上的小孩以為胡校長「突擊家訪」，都不敢玩耍，紛紛立正。

「乖，乖，大家繼續玩吧。」

「校長，你的髮髻，扁了。」其中一個小一女生指着胡校長的頭叫道，童言無忌，聲音分外清脆。

「噗哧——」梁賢再也忍不住。

「哎呀！你，怎不提醒我？害我出醜……」胡校長尷尬地打開手袋，摸出絲巾，匆匆把亂髮包裹。

「我方才專心瞄準，心無旁騖。喂，小朋友。」梁賢趕緊轉換話題，叫住一個由小巷走出來的小男生，「你在巷內有沒有看見一對陌生男女？女的臉容白如紙張。」

「我看見呀。」

「告訴校長，他們走哪個方向。」

「我帶你們去。」

「不。」梁賢及時拉住那轉身便跑的男孩，「告訴我們就可以了。」

「哦。聽住啦，他們到了巷尾轉左，直走，在六婆家與八舅家之間轉右，經過小珍的家，再轉左，一路走到小明的家後面，轉右，穿過……」

「等一等，哎喲，路線太複雜了，我怎記得……」

「我記得。」高文不知何時爬到滑梯上面，「小朋友說，聽住啦，他們到了巷尾轉左，直走，在六婆家與八舅家之間轉右，經過小珍的家，再轉左，一路走到小明的家後面，轉右，穿過……」

「哈哈……」惹來小孩一陣哄笑。

「你們笑什麼?我沒奇裝異服。」

「但你衣不稱身。」梁賢大為氣結。

「我已盡力,只找到這些衣服。」高文苦着臉,拉一下過短的T恤,捲起過長的褲管。

「我家姐有件一模一樣的T恤。」

「那條褲子,我的伯父也有啊!」

「高文!快下來,帶路。」梁賢向高文招手,趁小孩們的思維仍停留在「撞衫」,還未聯想到「偷衫」,速速把高文帶離遊樂場。

「Yes, Sir!」高文滑下滑梯,一溜煙似地跑進小巷。

「大家留在這裏玩耍,回家亦可,但不准跟着我們。」胡校長明白小孩好奇,若不鄭重禁止,他們肯定一窩蜂的跟在後面看熱鬧,萬一發生槍戰,情況不堪設想。

梁賢尾隨高文，走在村屋的高牆底下，感覺陌生。

這些村屋由地下至二樓，一律三層，屋主多在天台僭建玻璃屋，變成四層。昔日，青磚紅瓦、天井飛簷的舊式建築，現已所餘無幾。

人總是講求進步，不斷改善居住環境，追求生活享受，故此鄉村現代化實在無可厚非。屋前的空地，幾十年前叫「禾堂」，用作曬穀，今天用作停泊村民的私家車。不再耕種的田地，賣給發展商，或者租給貨櫃公司。村民攤分田價和地租，無需工作，收入穩定，務農的日曬雨淋、風吹霜凍，不再是必然的鄉村生活。

轉變的確無可厚非，在梁賢的記憶裏，錫降村或其他新界鄉村不該是如此的模樣。然而，他離開元朗實在太久了，未轉變的，恐怕只有他。

高文突然煞停腳步。

「繼續追嘛！幹啥停下來？」梁賢問。

「看，這裏就是小明家的後面，轉右，穿過什麼呢？選擇有三個，穿過右邊的小巷，穿過這戶人家的廚房，穿過這片芭蕉林。資料不完整……」高文拉長臉孔，「我……無……能……為……力……不……知……道……」

梁賢和胡校長瞧着前面左中右三個選擇，也不知該走哪一條路。

「我知道！」

「哎呀！鄧偉強，你不聽話，跟在我們後面。」胡校長吃了一驚。

「我剛才還沒說轉右穿過芭蕉林，所以跑來告訴你們。」

「唔，我們知道了。」胡校長摸摸他頭，「快回去玩吧。」

「知道，校長。」

鄧偉強轉身一步一跳的跑回村口的遊樂場。

梁賢掃一眼芭蕉林，所謂「遇林勿入，窮寇莫追」，芭蕉林內暗角甚多，貿然入去，隨時中伏，於是吩咐道：「高文，高空觀察。」

「領命。」高文一把抓緊外牆的粗水管，手腳並用，三扒兩撥爬上村屋天台。

「胡校長，張先生熟識這一帶嗎？」

「我的學校就在附近，他曾經陪我家訪，認得一些路。」

「不出所料，銀狐在這裏人生路不熟，她仍脅持張先生，迫他帶路。」梁賢撥開大塊蕉葉，「那麼，芭蕉林後面，是什麼地方？」

「後面有條小徑，貫通附近的圍村，可以去很多地方。」

「我看見他們了。」高文站在天台邊緣，指着西南方，「他們在小徑上，走向廈村。」

「快追！」梁賢肯定銀狐不在芭蕉林內埋伏，便一個箭步搶入林中。

天台上，高文怪叫一聲，張開雙臂，恍如大鵬展翅，俯衝而下，於芭蕉樹頂滑翔而去，看得胡校長目瞪口呆。

4

屯門醫院裏，急症室中人頭湧湧，一眾「急症」病人，需經分流站判別，緊急的，儘快安排見醫生；非緊急的，則要在大堂輪候一句鐘、兩句鐘、三句鐘不等，視乎真正的急症病人有多少。

被判別為「急症」的張楠，在警員的監視下，護士第一時間把他送入治療室。至於阿Ken，分流站的護士把他列作非緊急病人，着他到大堂等候。他有點肚餓，於是光顧大堂左側的便利店。他在便利店門外找到一台投幣式的公眾電話，但身上沒一元硬幣，因利乘便，買了一份咖喱魚蛋，在找贖的零錢裏揀出一元硬幣，用來打電話回基地。

在這個電子交易普及的年頭，硬幣成為口袋裏的負累。但，往往很諷刺，沒用時，在家裏的曲奇餅罐中愈積愈多；需要時，身上偏偏一個也沒有。

電話接通了，很快有人接聽，是阿莫。

「阿莫，查到了。張楠被我一嚇，乖乖從實招來。」阿 Ken 咬了一口魚蛋，嫌咖喱汁不夠辣。

「快說。」

「銀狐是衝着阿 Wing 而來，她的刺殺目標是阿 Wing，想不到吧？」

「你的意思是，有人出錢僱銀狐來香港刺殺阿 Wing？的確想不到。」

「你說對一半。不止一個殺手，尚有其他殺手，都是頂級的，陸續南下。」

「背後的金主是誰？」

「北京一個富婆，夫家姓賈。」

「姓賈的，沒聽過？」

「你沒看《富仇記》嗎？」

「我從不看一本本的小說。」

「喂，老友，『Q版特工』電子書早已出版了。」

「Okay，我承認我從不看長篇的文字。你別跟我說『Q版特工』已出漫畫版……」

「漫畫版，好像也有……」

「喂！你兩個閒話少講，快入正題。」蘇珊看不過眼，故意提高聲線。

「是，是，入正題。當年賈家的老頭子因阻止兒子沉迷電玩，反被兒子害死，賈夫人愛子心切，幫助掩飾更嫁禍別人。那人是阿Wing的朋友，叫Chit。後來，阿Wing揭破陰謀，賈小子被判入精神病院。又後來，賈小子不知怎的在精神病院裏上吊自盡，賈夫人受不住喪子刺激，胡思亂想，把喪夫和喪子的冤仇一併算在阿Wing頭上。賈老頭子死後，賈家雖然家道中落，但賈夫人仍有不少私房錢。據聞，她已變賣所有房地產，連同畢生積蓄，一大筆現鈔放在家裏，等候殺死阿Wing的人攜同頭顱前往領取。說完。」阿Ken叉起另一顆魚蛋。

「奇怪！這不是小事，怎麼我們一點風聲也收不到？」露絲道。

「那中介人很小心，只是個別通知長江以北的頂級殺手，香港唯一的接頭人就是張楠，所以，知道內情的人不多。」阿 Ken 把魚蛋叉進口裏，「你們……及早……通知阿 Wing 小心……提防……」

「暫時聯絡他不上。」

「為什麼？」

「他與阿漆在元朗一處沒通訊網絡的山頭。」

「倒不是壞事。」

「你說什麼？」

「聽說阿 Wing 近日心情不好，如今殺手自動送上門，讓阿 Wing 揍一頓，出身汗，消消氣，心情自然轉佳。」

「只怕雙拳難敵四手。」

「他與阿漆共有四隻手，不怕。咦，輪到我見醫生啦，我要掛線了。」

「你根本沒大礙。」

「我的肚仍痛。撞車啊！可大可小，不知撞傷哪個器官，説不定要留院觀察。

拜拜……」

5

「拜拜……阿Wing……」殺手扣扳機之際，心裏想着賈夫人的巨額賞金。

阿Wing今天的確心神恍惚，既有解決不了的感情煩惱，又無緣無故的成為刺殺目標，他正思索幕後金主是誰？那人拿到自己的首級後會作些什麼？怎也預料不到那姓孟的殺手這麼快甦醒，掙脫綑綁後竟不逃走，反留在附近偷襲，總之，若非阿漆在旁，阿Wing今天難逃此劫。電光火石之間，阿漆感覺花崗岩後微有異動，想也不想，就擲出一口飛刀，也不求刺中，只求擾亂。果然，殺手見暗器飛過，稍一分神，射歪了，子彈「啪」的擊中阿Wing身旁的榆樹。

阿Wing給嚇了一跳，跳到樹後。阿漆反方向閃開，犄角包抄，把殺手困在中間。剛才匆忙之間，他們沒仔細搜查殺手，繳去武器，現在後悔和自責也沒用，唯一可做的是儘快把殺手再次制伏。

殺手縮回花崗岩後。剛才過招，殺手察覺兩人均是暗器高手，自己雖有槍有彈，但佔不了優勢，偷襲失手，暴露藏身所在，必遭兩人夾擊。他想了想，實在無計可施，唯有退而求其次，舉起手槍，向天連發兩彈。

阿Wing與阿漆面面相覷，不解殺手為何浪費彈藥。

原來是尋求援兵，槍聲響過，殺手放開喉嚨，大叫：「史家三虎！我是北京的孟年稱，那個阿Wing就在這裏！我們合力殺死他，平分獎金！」

阿Wing向阿漆打個手勢，彼此心裏有數，不能讓他們四人聯手，史家三虎折返之前，先要制住孟年稱。

阿漆一點頭，兩人同時從樹後撲出。

孟年稱猜到他們有此一着，二選一，他選阿Wing，擎槍對準。

阿Wing也猜到孟年稱的選擇，撲出之前，早已認清環境，他撲出不是衝前攻擊，而是轉換掩護物，跳到另一株柏樹後面。

「呼——」柏樹中彈。

「噗——」孟年稱中刀。

6

梁賢和高文窮追不捨。

銀狐回頭，見兩人的身法怪異，尤其高文，知道不易應付。與其纏鬥不休，不如阻慢他們，自己同時速離此地，方為上策。拿定主意，她扯停人質，二話不說，向他的肚腹轟了一槍。

可憐張先生慌亂未定，肚腹刺痛，一摸，滿手鮮血，雙腿一軟，栽倒小徑之上。

銀狐捨棄人質，省卻負累，快跑而逃。

梁賢和高文趕到，一看張先生的傷勢，不難猜中銀狐的詭計，槍傷人質，迫使追兵留下一人為傷者搶救。明知是計，救人要緊，卻又不能不中計，梁賢於是抓起高文的手掌，往下壓按張先生不住流血的傷口，道：「你留下照顧他，緊壓傷口，直至救護車來到。」

張先生痛得死去活來。

「我要獵狐。」

「不得造次，這人不能死。」

「為什麼？」

「我答應他的妻子，救他脫險。」

「我沒答應他的妻子，你自己留下吧。」

「你今天闖的禍還不夠多嗎？混帳！救人與捉人，同樣重要啊！」

高文給梁賢一喝，雖不願意，仍扁了嘴巴，勉強留下。

梁賢拔足便追，聽見背後胡校長跑到，啼啼哭哭，又聽見高文喝道：「不要哭，不要吵，你的老公死不了。」

「露絲，人質中槍，在錫降村後的小徑，召喚救護車到場。另外，銀狐沿小徑逃向廈村，命警察增援攔截。」

「收到。」

梁賢交代完畢，一口氣追至廈村墟市，銀狐已不見蹤影。

此時，田廈路與屏廈路交界的路障已撤除，在路口的大榕樹下面，仍泊着兩部警車，按理，銀狐不敢走近那邊。

「有沒有看見一個長髮白臉的女人跑過？」梁賢高聲詢問周圍的村民。

「跑進祠堂。」幾個人不約而同的指着鄧氏宗祠。

「警察快到，告知警察，壞人在祠堂裏。」梁賢拔出M10手槍，「子彈無眼，你們不要接近。」

村民嘩然。

梁賢垂下手槍，走到鄧氏宗祠前面，站在碧綠色的滴水瓦簷之下，稍稍調整呼吸，收攝心神。

進去是甕中捉鱉？抑或身陷埋伏？還是未知之數。

在祠堂納涼的村民，拖男帶女、扶老携幼的，紛紛走避。

風吹過，捲起一陣沙塵，一個破爛的紅色膠袋滾過，貼在梁賢右腳褲管外側。梁賢提起右腳，膠袋繼續滾，黏着他的左腳鞋跟。

梁賢惱了，香港政府不是呼籲減用膠袋嗎？為何依然這麼多膠袋隨街亂丟？

他提起左腳，膠袋仍黏得牢牢，大概他的鞋底誤中香口膠之類。他於是用右腳踩住那可惡的膠袋，再提起左腳，膠袋甩了，不過，並非香口膠，更糟糕的，是狗屎。

「一定是你幹的好事。」梁賢瞪着伏在門外石階前午睡的黃狗。

黃狗微微抬頭，懶洋洋地瞅一眼梁賢，縮着鼻子嗅一下，再繼續睡覺。

畢竟是畜牲，沒品性的，不會跟你講道理，梁賢無謂與牠計較，踏上石階，跨過門檻時，左腳鞋底順勢在門檻上拖擦，希望盡點人事，多少也擦掉一點。

大門左右掛着的對聯「南陽綿世澤，稅院振家聲」，精要地交代鄧族起源於南陽，族人當中以宋高宗時被封為「稅院郡馬」的一位最是顯赫。

鄧氏宗祠建於清乾隆年間，建築屬三進兩院格局。梁賢接連兩進，來到前院空地中央。

這祠堂佔地甚廣，銀狐躲到哪個角落並不容易看見，換上別人，多半被她瞞過。可是，今趟遇上無需「看見」的梁賢，她只有認命。梁賢年輕時酗酒傷肝，導致眼力不好，但他天賦異稟，聽力出奇敏銳，風吹草動、踏沙涉水、透氣咳嗽，不管多微弱，都逃不過他的雙耳。

祠堂裏，水靜鵝飛，怎沒動靜？

不可能的，她是人，特別是女人，不可能永遠沉默，總會弄出丁點聲音。

時間一久，狐狸終究露出尾巴，梁賢慢慢向前走。

有聲音了，他聽見，在右側的春暉堂內，收窄目標範圍，排除老鼠蟑螂，因為體積大得多，比貓狗更大，鎖定在那列功名牌匾背後。

他逐步迫近。這時候，估計對方亦蠢蠢欲動，勝負關鍵取決於誰開槍快、眼界準。銀狐是頂級職業殺手，槍法一定不差。

不過，目前形勢，雙方隔着一面「舉人」牌匾，連對方也看不見，有何眼界可言？

更重要的是，梁賢開槍不講求「眼界」，當他聽清楚目標位置，便毫不猶豫地開火——

「呯——」

「舉人」穿了一個洞，銀狐把整列牌匾撞跌，與「副魁」、「翰林」等一起仆倒。

「你射我朋友的丈夫一槍，我還你一彈，同一部位。」梁賢上前，踢走她丟在地上的手槍，再扔掉她另一枝插在腰間的手槍。

「你……是什麼……人？我一上岸……就跟我……過……不去……」

「我是過路的。」

「過路？真倒楣……」

警察來了，梁賢收起手槍，施施然踱出鄧氏宗祠，心裏抱怨曲：我也倒楣呢！一碟美味的意粉，只吃了三分一，卻付足全費，另加「貼士」。

7

「史家三虎，是什麼來路？」阿漆盯着小徑。

「遼東有一族姓史的，世代以狩獵為生，擅長獵虎殺熊，人人習武，拳棒刀槍等功夫，三歲小孩也使得有紋有路，族中出過不少好手。剛才那三人，身材高大，滿臉于思，外形慓悍，似是東北人。」

「想不到史家後代到了今天，轉職另一種狩獵。」阿漆瞟一眼阿Wing頸上的頭顱。

「經孟年稱一吵，三虎轉眼折返，我們預備迎敵吧。」阿Wing再次摸摸脖子。

「慢着，不可力敵。他們是獵戶出身，此處山林野嶺，是他們的主場。正面交鋒，以二敵三，我們沒勝算。」

「不力敵，便要智取，你有何計策？」

「你記得小時候玩的搶軍旗嗎？」

「怎不記得？」

「好，這是一面會走動的軍旗。」阿漆用指頭點一下阿 Wing 的頭，「你引他們去搶。」

「而你……」阿 Wing 點頭，「是個不存在的軍旗保護者，孟年稱只喊阿 Wing 在這兒，並沒提及你。」

「我從後偷襲他們，逐個擊倒。」阿漆隨即跳到那塊花崗岩後面。

此時，小徑傳來急促的腳步聲，阿 Wing 故意大聲咳嗽，然後轉身逃跑。

阿漆躲在石後，不敢稍動，未幾，年紀最輕的史小虎首先跑過，追趕阿 Wing。接着是步大力雄的史大虎，最後是老謀深算的史二虎。

三人並不走在一起，戰術顯而易見，一旦遇襲，不會同時中伏，三人之間，各距十至二十步，方便互相支援，而且三人把追獵野獸的策略轉化為追殺敵人。

史小虎腳力最好，人又敏捷，追纏敵人不放；當敵人累垮，由戰鬥力最強的史大虎出手攻擊，而史二虎則留在後面觀察，因應形勢，隨時調整戰術。

阿漆待史二虎稍為去遠，便從石後跳出小徑，銜尾追蹤。

從步速身法觀察，三人中以史二虎的實力最弱，先打倒史二虎，三剩二，他和阿 Wing 各自單挑一人，勝算驟增。

阿漆於是拔刀在手，一有機會，便出手解決史二虎。

奈何跟了一會，始終沒機會下手，阿漆漸漸明白，這是史家三虎的戰術緊密之處。他們也顧慮有人從後偷襲，每到視線所阻的位置，例如彎角，前面的自覺地收慢腳步，讓隨後的看見自己，也讓自己隨時支援後面的兄弟，因此，阿漆遲遲不敢出手攻擊史二虎。

這樣，阿 Wing 在前面逃，史家三虎在後面追，阿漆在更後的位置悄悄地跟。

五人在山間追逐，大概維持了十三、四分鐘，情況改變。

阿 Wing 跑到一座寺廟之前，寺廟的山門懸着「靈渡寺」匾額，左右兩側一雙楹聯刻着：「靈氣所鍾山獨秀，渡杯而至石猶新」。

「好對聯！」阿 Wing 邊跑邊看邊唸邊讚。

追兵在後，沒心情遊山覽勝，他從門前跑過，沿靈渡寺旁的小溪直走，找到一道獨木橋，過橋後，不再逃，拿起孟年稱的黑星手槍，轉身，肅立橋後。那道獨木橋由樹幹和木板搭建，甚為簡陋，橋不長，約五米，也不闊，約一米。橋下溪水潺潺，水深及膝，清澈見底。

阿 Wing 守在橋後，佔盡地利。

無論史小虎涉水過溪，抑或硬闖過橋，都成為阿 Wing 的槍靶子。阿 Wing 突然有此一着，史小虎不知應對，唯有打開背包，掏出一枝 NSG-85 步槍，靠在樹後戒備，等候大虎、二虎到來。

三十秒後，史大虎趕到，然而，多等三十秒、六十秒、一百二十秒，史二虎仍然未到。

原來，當史大虎遠遠看見小虎取出武器，以為阿Wing發難，馬上拔出手槍，趕到前頭支援，因而忽略後面的史二虎。阿漆一見史二虎落單，隨即施展輕功，趨前偷襲。史二虎亦受大虎的「異動」影響，心繫前面發生什麼狀況，到他察覺身後有異，回頭看時，明晃晃的刀尖已抵住他的左目。他登時僵住了，不敢妄動，待要搞清楚阿漆的意圖，阿漆已用重手法把他擊昏。

同一時間，阿Wing向史小虎開了一槍。

「啪——」子彈射中史小虎身前的樹幹，樹皮碎裂彈飛，打在史小虎臉上。

「可惡！」史小虎怒不可遏，待要開火還擊，阿Wing卻又轉身逃跑。

「休想逃！吃子彈吧！」史小虎跳出小徑，連續放槍。

阿Wing已逃得不見蹤影，子彈悉數落空。史小虎殺得性起，疾走追殺。

「不可魯莽……」史大虎見二虎遲遲未到，覺得事有蹊蹺，想要喝止小虎，但——

史小虎一踏上獨木橋，「喀嘞」一聲，橋身折斷，他連同爛木板一起「啪通」的跌入溪中，更遭一根斷木插傷大腿，躺在水中「哇哇」叫痛。

「糟糕！」史大虎奔過去，蹲在溪邊，欲把小虎拉起，忽覺身前身後各多了一人。大小二虎抬頭看時，阿Wing站在斷橋對岸，舉起手槍指着史小虎的頭，阿漆則站在史大虎身後，用刀架着他的頸。

原來阿Wing過橋之際，最後一步暗運內勁，把橋身的木板踏裂，當史小虎大步追上獨木橋時，脆弱的橋身經不起他的體重，應聲而斷。

就這樣，史家三虎初到貴境便失手被擒。

8

廈村路口的老榕樹下，特工愈聚愈多。

最初只得梁賢和高文，他們把張先生和銀狐送上不同的救護車後，坐在這株樹齡過百、高逾兩米的細葉榕下休息，喝紙包裝維他奶，吃村民自家製的茶果。

稍後來到的是阿 Ken，他遭屯門醫院急症室「踢」走，詐病不成，唯有硬着頭皮回來與他們會合。

最後，阿 Wing 和阿漆落山，知道梁賢在廈村祠堂活捉銀狐，也過來看看。

折騰了半天，大家都略有倦容，除了高文。他錯過親手捉拿銀狐的機會，深深不忿，又聽聞阿 Wing 與阿漆在山上以二敵四，更是又羨慕又妒忌，興致勃勃的纏着阿 Wing，要他複述對敵的經過。

「回『家』交代細節吧，」阿 Ken 瞧瞧左右，「這兒不是合適的地方。」

周圍坐了些村民，大家都同意阿 Ken 的擔心，人多口雜，不宜在此談論殺手的事。

「錯！這兒最是合適。」唯獨高文堅持己見，「這兒是榕樹頭，榕樹頭講故事，乃鄉村傳統文化，阿 Wing 快講呀。」

「史家三虎是 case，不是故事。」阿漆插口拒絕。

「我不管，快講快講。」

「你們知道嗎？我小時候在這株榕樹下玩過捉迷藏，挺有趣的。」梁賢扯開話題。

「小孩玩捉迷藏有什麼特別？公園、沙灘、空地、球場處處都有趣。」高文即時反駁。

話題成功轉換了。

「此處大大不同。這株榕樹當年垂滿大小氣根，氣根觸地變成新樹幹，新樹幹支撐新的樹冠，像一把不斷向四面擴張的太陽傘。榕樹不斷向外蔓生，氣根與樹幹縱橫盤繞，形成一個又一個的樹洞，洞中有洞，如同迷宮一般。」梁賢撫掌點頭，「你想像一下，好不好玩？」

「聽起來，很好玩……」高文悠然神往，抬頭打量身旁的榕樹，登時拉長臉孔，罵道：「你說謊！」

梁賢待要解釋，一個在樹下打盹的老婆婆接口道：「他沒說謊，幾十年前的確如此。」語調稍轉，略帶唏噓，「那時候，這榕樹茁壯茂盛。」說罷，老婆婆繼續打盹。

「但，怎會這樣……」高文橫看直看，老榕樹如今晚境淒涼，枝葉稀疏，樹幹乾瘦，樹皮烏黑崩裂，疏落而短小的氣根奄奄一息的垂下，像搭在洗碗盤邊的破爛抹布。整株榕樹形容枯槁，營養不良，一副行將就木的衰殘。

「有何稀奇？」阿漆指着車路上的重型貨車，「發展經濟，大家都要付出代價，包括樹木的健康以及居民的健康。」

貨車一輛接一輛的駛過，揚起塵埃，噴出廢氣，發出噪音。老榕樹長於兩條繁忙車路的交匯處，首當其衝，日積月累，健康轉壞，乃是無可避免的不幸。

「不要想當年了。」高文大感沒趣，「我們說回今天。」

「今天……也該談一談。」梁賢想起一事，「今天，我們解決了五個，明天可能來十五個，後天，本地的、海外的收到消息，一併來找阿 Wing 麻煩。」

「我不怕。」

「不管怕或不怕，核心問題始終需要解決。」

「你有何高見？」

「解鈴還需繫鈴人。」

「北京？」

「嗯。」

「有見地。」阿漆轉眼瞧着阿Wing，「他們南下，你北上，乘虛而入。」

「好！我這就動身。」

「我陪你去，畢竟是人家的主場，多個照應，確保不失。」阿漆道。

「我也去。」阿Ken道。

「我也去，順便吃烤鴨。」高文道。

「你們先出發，我稍後跟你們會合。」梁賢說。

「你去哪？還有更要緊的事麼？」高文問。

「不算太要緊的。我往醫院，看望舊同學……的丈夫，剛才中槍那位。」

9

「你沒事吧？」

「啊！梁賢同學……」胡校長坐在病房外的長凳上，正感六神無主，乍見梁賢，宛如海上漂浮的人看見救援船隻。

「張先生沒事吧？」

「他……在病房裏，醫生替他動過手術，取出子彈。醫生說，他沒生命危險，麻醉藥力消散便會甦醒。」

「你累了，我送你回家休息一會，晚一點回來看他。」

「不，他甦醒過來時，我希望在他身邊。」

「那麼，先到餐廳吃些東西，你整個下午捱餓哩！」

「我吃不下。」

「還是那句老套說話，你餓壞了，病倒了，誰來照顧張先生呢？」

「我不想走開。」

梁賢從手中的紙袋裏，取出一份芝士火腿三文治、一包維他奶，道：「在樓下便利店買的，不好吃也儘量吃一些，補充體力。」

「你真好，真周到，感謝你。」胡校長眼泛淚光。

「我們是老同學、老朋友，別客氣，吃吧！」

胡校長咬了一小口三文治，卻嚥不下，哽咽道：「對不起……」

「嗄？」

「這句對不起，實在等了很久很久，今天才有機會跟你說。」

「我不明白？你沒……」

「有，我有。當年，我故意疏遠你；當年，我少不更事，自己考不上大學，便希望有一個大學生男朋友。你去當學警，我嫌你沒出息，瞧不起你。」

「我的成績差，沒本事，你沒錯。」

「不，我是錯的。學業成績好不代表一切，後來，我在職場上，碰得釘子多，漸漸醒覺，人的品格比學歷、身家更加重要。梁賢同學你品格高尚，本領高強，事事為人設想，才是個真漢子、好男人。」

「你不要讚我，我會囂的。」梁賢飄飄然。

「可惜，時間過去，不會回轉……」胡校長垂低頭。

「有句名言，」梁賢輕按她的肩，『忘記背後，努力面前。』」

「《腓立比書》三章十三節，不是這樣解釋的。」

「咦？」

「保羅以賽跑作比喻，他的人生目標是基督為他定下的，他要像運動員一般，以努力向前為志向，從前他可以誇口的、自以為得着的，都變得不重要，他要完成上帝交給他的使命，直奔標竿，得到獎賞。」

「嘻嘻，我少讀書，亂丟書包，莫怪，所以，還是讀書好。」

「哎，真不好意思。我的職業病，一講解什麼，就喋喋不休。」

「你把錢放進我的口袋……」

就在此時，病房門打開，護士跑出來，嚷道：「胡校長，你丈夫甦醒啦。」

梁賢縮開，胡校長靠後。

「你進去見他吧。」

「是。」胡校長咬咬嘴唇，明白梁賢即將離去，今天偶遇，不知何年何月重逢。

「我告辭了，有事要辦，即日趕去北京。」

「路上小心。」

「珍重。」梁賢轉身，走在長長的走廊之上，把她留在背後。

儘管今天，她是胡校長、張太太，他沒忘記四十年前的胡同學，她把長髮結成鬈辮雙馬尾、穿水手裝校服裙、伸舌尖舔淨唇邊的蛋黃醬，快快樂樂地坐在單車尾……

她的每一個生活片段，像一幅幅硬照，永遠深藏在他的記憶裏，永不發黃，永不衰殘，歷久常新。

4

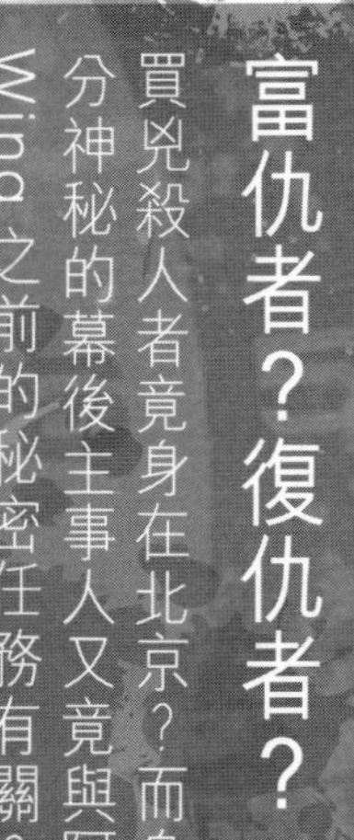

富仇者？復仇者？

買兇殺人者竟身在北京？而身分神秘的幕後主事人又竟與阿Wing之前的秘密任務有關？阿Wing、梁賢等人萬里追兇，尋不到真相誓不罷休。

1

一輛黑色的七人房車在北京的市郊公路上高速飛馳，茶色車窗嚴嚴緊閉，外面的人完全瞧不見車廂內坐着多少人、坐着什麼人。

十多分鐘後，司機減慢車速，開入一段私家車路，經過一個破舊的保安亭，亭內當然空無一人。

直路一條，敗葉遍地。

房車駛過，車輪捲起枯葉，瑟瑟索索、沸沸揚揚的，滾起四、五十厘米高的枯黃「葉浪」。房車經過後，枯葉散落，又伏在車路上，薄薄的鋪成一層。

車路兩旁的銀杏林，茁壯如昔，不過，銀杏樹下，枯葉處處，雜草叢生，野藤纏繞樹幹昂首向上爭取陽光。銀杏林長期沒人打理，再過幾年，不僅長滿野草、野藤，說不定，或有野獸出沒。荒涼如此，殊為可惜。

最後，房車停在一幢維多利亞式的古老大宅之前。司機熄掉引擎，推開車門，施施然下車，站在大宅門前，除下 Ray Ban 太陽眼鏡，把鏡臂勾在口袋上，稍撥一下有點零亂的白髮，掃視這幢殘舊大宅的周圍。大門上方左右兩側的 CCTV 攝錄機，一台的鏡頭裂了沒更換，另一台連鏡頭也沒有。牆上的拱形大窗，積滿灰塵，隨時可在玻璃表面用指頭繪畫。藤蔓放肆地沿牆身攀援而上，有幾根生長力特強的，已進佔屋頂一角。

「門庭冷落，風光不再。」司機一面慨歎一面拉開後座車門，從車內牽出一個黑布蒙頭、雙手鎖上鐵鏈的俘虜。

「走吧，當心石級。」他攙扶俘虜登上台階，來到大門前面。

大門沒鎖，應手而開，扯破門腳一個新結的蜘蛛網，門頂飄落一把灰塵，迎面是一條走廊，昏昏暗暗的，四下沒亮燈，除了盡頭右側房間透出的燈光。

那似乎是唯一的選擇。

他「叮叮噹噹」的把俘虜牽過去，「咯咯」的敲門。

「進來吧。」門後傳出一把沙啞的女聲。

他推門內進，看時，暗吃一驚。

房間內，地板上，堆了一座銀紙山，按重量，估計不少於一噸。

按陳設，這兒曾是一間書房，現在除了靠牆的空書架外，唯一的家具，只剩銀紙山腳的一張籐椅，椅上坐着一個正劃火柴點煙的中年婦人。

「嚓——」火苗燃亮，婦人叼着香煙湊近火舌，啜吸兩口，鼻孔透出一縷白煙，燻起一陣煙草燒焦的氣味。

婦人隨手把火柴頭扔在地上。

「小心噢，房間堆滿易燃物品。」司機笑道。

「紙張而已。」婦人漫不經意的用指頭把煙灰彈丟，「你是香港人？」

「對。」

「什麼史家三虎，原來名過其實，果然猛虎不及地頭蟲。嘿嘿。」

「我不是蟲，我叫梁賢，受張楠所託，替你把人帶來。」

「我要人頭，不要活人。」

「人我已帶到你跟前，要斬要劏，悉隨尊便。」

「你替我斬吧，我只要頭顱，其餘的你帶走，都不要。」

「死人頭，既不好看又不好吃，你要來幹啥？而且，在這裏斬首，血淋淋，弄污地方。」

「有什麼相干？反正這房子已挺污糟。」婦人停頓一下，「你想要錢，就照我的意思去辦，不辦，就給我滾蛋。」

「我走，不打緊。」梁賢揪動鐵鏈，鐵鏈「噹噹」作響，「不過，天下之大，就只得我一人知道阿Wing的下落。奇貨可居，人也好，頭也好，你想要，恐怕再沒人替你找到。」

「呸！什麼奇貨可居？這人根本不是阿 Wing。」

「黑布未除，你何以見得他不是阿 Wing？」

「阿 Wing 沒這麼胖，嘿嘿，我也沒這麼笨。你找人假冒，也應找個身形相若的，找這個癡肥的傢伙，你真過分。」

「呸呸呸！你才過分！為什麼阿 Wing 不能發胖？」阿 Ken 除掉黑布，「不妨告訴你，阿 Wing 最近失戀，化悲憤為食量，愈食愈胖，快要追上洪金寶。」

「哼！」婦人冷笑。

「夠細心，好眼力。」梁賢輕輕拍掌，「我們打成平手。」

「什麼打成平手？我不懂。」阿 Ken 解下鎖鏈。

「她認出你不是阿 Wing，我認出她不是賈夫人。都是假的，不就是打成平手麼？」梁賢緩步上前，隨手撿起一張銀紙，用指頭來回捏擦，「假賈夫人，我當然不會輕易帶真阿 Wing 到來。第一，阿 Wing 的人頭值錢，隨時有人攔途截劫。第二，國內偽鈔猖獗，我要謹慎，不受欺騙。現在，超乎我的預計，不單止銀紙是假的，就連賈夫人也是假的。」梁賢強詞奪理，卻又言之成理。

「梁先生，說話公道一些。你需要謹慎，賈夫人何嘗不需要？」婦人也強詞奪理，「國內的小偷和騙徒同樣猖獗，賈夫人一介弱質女流，教她如何守得住這筆鉅款呢？」

「阿 Wing 不是阿 Wing，賈夫人不是賈夫人，銀紙不是銀紙。」阿 Ken 發起牢騷，「僵持下去，雙方都空手而回。」

「好呀，我先拿點誠意出來，給我半小時。」梁賢把銀錢丟回原處，「半小時內，真阿 Wing 將會站在這兒，你也請賈夫人出來相見。」

「賈夫人半小時內不可能來到這兒。」

「這兒不是賈府嗎？賈夫人不在家？」

「梁先生，你覺得這裏適宜居住麼？」

「你無條件送給我，我一定入住。」

「房子不是我的，我沒資格作主。總之，賈夫人住在別處，你要見她，需另作安排。」

「依我之見，見不見賈夫人，倒不是問題。」阿 Ken 瞄瞄銀紙山，「我見錢開眼，交人收錢就可以，真銀紙在哪？」

「兩位，國內的電子交易非常發達，比方我們的淘寶網，營業額屢創新高。」婦人拿出一部 iPad 晃了晃，「你給我銀行帳戶號碼，我按幾個鍵，錢自動跑進你的帳戶，方便快捷，無需現金。你們香港人，要懂得與時並進啊！」

「大嬸，你到底是什麼人？說了半天，賈夫人沒見到，獎金沒見到，無憑無證，我們為何要相信你？」阿 Ken 嚷道。

婦人吐出一口煙，把煙屁股扔在牆角，不慍不火地回答：「我叫小鳳，在賈家一身兼三職，是賈夫人的財務顧問、貼身保鑣、近身丫鬟。」

「財務顧問……保鑣……丫鬟……」阿 Ken 上下打量婦人，眼神充滿疑竇。

「有什麼不妥？」小鳳再點另一根香煙，「我臉上可沒污垢吧？」

「看你這身大媽打扮，沒財務顧問的 professional，沒保鑣的威勢殺氣，沒丫鬟的嬌俏伶俐。你憑什麼令我們相信你代表賈夫人跟我們交易？你要找消遣就請往公園跳健康舞，我們不阻你時間，你也不要阻我們時間。」

小鳳停下來，拈着火柴，卻沒點煙。

「小鳳姨，人我已押到北京，隨時可以交出，而你，卻沒讓我有足夠信心與你交易。錢是假的，你的身分也成疑，什麼電子轉帳，弄虛作假，不用說了。」梁賢慢慢退後，「總之，不見夫人，交易告吹，告辭。」

「且慢。」小鳳把即將燒及指頭的火柴吹熄。

「你要留住我們，恐怕不容易噢。」梁賢拉開外套，露出腰間的 M10 手槍，

「況且，我們不值錢，留住我們，只會浪費你的米飯。」

「不敢。」小鳳淺淺一笑，「既然你們遠道而來，我亦不敢要你們空跑一場。這樣吧，一小時後，賈夫人在此與你們見面，到時，請你們把阿 Wing 的人頭一併帶來。」

「我們就此約定。」梁賢瞥一眼阿 Ken，「走。」

「慢行，待會見。」

梁賢與阿 Ken 默不作聲，循原路離開書房，離開大宅，離開銀杏林。

小鳳站在窗前，看着七人房車駛遠……

2

「根據熱能掃瞄顯示，賈家大宅之內，只得一個發熱的人類物體。」露絲在情報中心內，跟阿莫一起瞧着電腦屏幕，「換句話説，賈家由始至終只得小鳳一人。」

「我的監察儀器一直開啟，但沒電話，沒無線通訊，也沒任何 MSN、WeChat 之類的訊息從大宅傳出。」阿漆在銀杏林內耐心等候。

「那婦人除在窗前站了一會兒，再沒露面，真悶蛋！」高文拿着望遠鏡，站在阿漆身旁，亂踢亂踏枯葉、野草，極不耐煩。

泊在不遠處路邊的七人房車內，阿 Ken 坐在後座無聊地舐着冰糖葫蘆。

坐在駕駛座上的梁賢瞧瞧腕錶，沉吟道：「時間快到了，小鳳沒理由沒動靜，賈夫人如果不在大宅之內，她總要通知賈夫人動身過來，不打電話，不發短訊，奇怪！」

「或者用飛鴿傳書。」阿 Ken 戲謔。

「沒白鴿飛出！我肯定。」高文一本正經地回應，「除非她使用烏蠅，烏蠅太細了，又會穿洞鑽縫，我有機會遺漏。」

「對！賈夫人根本就在屋內。」坐在副駕駛座的阿 Wing 恍然，一拍大腿，「我記起了，賈府建有龐大的地庫，深入地底四層，間諜衛星的熱能掃描有機會遺漏。」

「有道理，但，剛才小鳳明明說，賈夫人半小時內不能現身，由地庫登上地面，何需半小時？小鳳那婆娘多半砌詞胡說，誤導我們。」

「她可能說真話。女人面見外人，總要打扮一番，塗脂抹粉、挑衣揀鞋，不在話下。即使穿在身上，在鏡前一照，稍不稱意，便另穿別的，半小時肯定不足夠。」阿 Ken 扮個鬼臉，「你這個老粗男人，不會明白的。」

「難道你不是老粗？不是男人？」梁賢笑着反問。

「我當然也是老粗男人，但我跟你不同，你是單身漢，我有老婆，經常坐在客廳等候老婆出門，她可能為了配襯一條絲巾，把全身衣服鞋襪統統換掉。」

「不信，你吹牛。」

「爭拗無謂，你娶個老婆回家便一清二楚。」

「阿漆，別聽阿 Ken 危言聳聽。」阿 Wing 其實安慰露絲。

「阿 Ken，快閉上你的一張臭嘴，不要侮蔑女性。起碼，本小姐爽爽快快，不像你的老婆。」露絲透過無線電在香港抗議。

「得罪女人，」梁賢幸災樂禍，「你慘啦……」

「唏！談起女人，阿 Wing，你那位女性朋友呀！她叫……」高文高八度的聒噪突兀地插進無線電通訊裏，把眾聲壓下。

提及阿 Wing 的女性朋友，話題敏感，大家都不好意思吭聲。

「你胡説什麼？」不由阿 Wing 不阻止，「現在專心監視，不談私事。」

「她叫，她叫 Chit，對啦，是 Chit。」高文慣於公私不分。

「Chit……」阿 Wing 舒一口氣，原來高文説 Chit，不是R或真生。

「她是否真的有把金蛇劍？」

「有又怎樣？無又怎樣？」

「若有，可否代我問她借來練一練？」

「你不懂金蛇劍法，練什麼？而且，那是人家的家傳寶劍，怎能給你戲耍？有什麼破損，你賠不起，我擔不起。」

「那，你給我們介紹，我跟 Chit 交好朋友，直接問她借，不用你作中間人。」

「Chit 在法國。」

「我飛過去。」

「Chit 近日眼睛不舒服，不方便見客。」

「她患上眼疾？」

「她嘔心瀝血的寫長篇小說，五十萬字，長時間對着電腦屏幕，把眼睛弄壞了。」

「什麼小説？」

「《金蓮川上的傳説》。」

「書名挺有詩意，文藝小説？」

「不，歷史小説，寫被歷史忽略的元代開國重臣劉秉忠，挺難寫的。」

「寫小説，天馬行空，何難之有？以宋末元初為背景的小説多得很呢！」

「不錯，同一時代背景，例如，金庸寫郭靖死守襄陽城，來一個外族入侵與保家衛國的對立衝突，郭大俠那句『俠之大者，為國為民』，讀者動容，贏盡掌聲。相反，Chit 寫劉秉忠幫助蒙古人立國……」

「嗄！漢奸！」

「爭議就在這裏。劉秉忠為忽必烈築建北京城、制訂朝廷禮儀，以儒治國，促成大一統。他綑綁蒙古人的鐵蹄，避免生靈塗炭，後世人卻不理解他。」

「的確難寫，這人太寂寞了。那麼，我借劍之餘，也要Chit給我一本簽名小説。」

「啊——」阿漆打個呵欠，用手肋踫一下高文的背，提醒道：「你識字麼？附庸風雅。」

「兩位，請不要霸佔特工通訊頻道説悶話。」阿Ken瞅着阿Wing，扁扁嘴巴。

高文馬上反駁：「你們這班只懂看手機、不看書、沒文化的低頭族人，給我閉嘴……」

「手機App也有電子書。」梁賢道。

「今時今日，手機當道，誰個不低頭？」阿Ken道。

「各位，各位，請暫停吵嘴，賈家大宅有動靜了。」阿莫插口，「熱能掃描有所發現。」

「對，屏幕出現許多紅點，我把畫面傳給你們。」露絲回復冷靜。

駕駛座的儀錶板屏幕閃動一下，展現露絲傳來的賈家大宅平面圖，圖上紅點陸續增多，於不同位置出現，逐漸移向書房，每個發熱的紅點代表一個人，粗略數算，足有一小隊軍隊。」

「我這邊也看見書房內，人頭湧湧呢！」高文興奮地說。

「看見是什麼人嗎？」阿 Wing 問。

「看不清楚。玻璃窗積滿灰塵，像磨砂一般，他們不靠近窗門，我看不清楚。」

「如何？」梁賢和阿 Ken 一同看着阿 Wing。

「對方強陣以待，我們豈能退縮示弱！」阿 Wing 一咬下唇，「出發。」

梁賢啟動引擎，踏下油門。

「隆——隆——」引擎怒吼，像戰鼓擂響。

3

五分鐘後，七人房車重返大宅，停在正門的台階之下。

阿 Wing 首先下車，梁賢和阿 Ken 隨後，都站在阿 Wing 的右側。同一時間，阿漆和高文步出銀杏林，來到阿 Wing 的左側。五人一字排開，面對緩緩打開的大門。

風再起。

敗葉在風中打轉。

阿 Wing 認得開門的，是賈家的老傭人瑛姐。當日瑛姐糊裏糊塗的受賈夫人擺佈，充當「目擊證人」，指證阿 Wing 的朋友 Chit 殺死賈老爺（詳見《富仇記》）。與當日比較，瑛姐更是老態龍鍾，她瞅着阿 Wing，不發一言，擺擺手指示他們內進。

老傭人開門，不算歡迎，也沒通傳，只是一個非常簡單、直接的舉措，開門讓他們進去。

阿Wing無畏無懼，昂然開步，率先踏入賈家，阿漆緊隨其後，兩手各扣一把飛刀，之後的梁賢拉開M10槍套的扣子。阿Ken把一枝短管雷明登霰彈槍扛在肩上，高文則磨拳擦掌。

五人完全進入作戰狀態，穿過走廊，重臨那間書房，隨時惡鬥廝殺。

書房之內，銀紙山依舊屹立不倒。

山下站滿了人，竟都是跟瑍姐年紀相若的老人，有男有女，超過三十人。

「幹什麼？老人兵團？」高文大失所望，「我不打長者的。」

「你不要托大，他們說不定都是武林前輩名宿，深藏不露。」

「梁先生，你見笑了，他們並非武林高手。」依舊坐在籐椅上抽煙的小鳳笑吟吟地介紹，「他們都是賈家的老傭人。賈家雖然家道中落，被迫遣散他們，但大家對賈家的忠心，一生不變，矢志不渝，今天聚首一堂，為要親睹賈家的大仇人身首異處。」

「各位長者，大家誤會了。」阿 Wing 雙手抱拳，「賈老爺當日過世，與我無關；賈少爺近日自殺，我亦不知情，請你們不要誤信謠言。」

一眾老人對阿 Wing 怒目而視，阿 Wing 的話全不中聽。

「大家都一把年紀了，回家弄孫為樂，安享清福，請勿沾惹江湖上的是是非非。」阿漆換另一個角度好言相勸。

「女主人說，阿 Wing 是害死老爺和少爺的大仇人。」有人說。

「你們這班老而不，活了大半世人，怎麼食古不化，是非不分？」阿 Ken 惱極，「主人的話是錯的，你們不應盲從，這叫愚忠。」

「主人不會有錯。」另有人說。

「嗨！你們趕快離開吧！我們不想誤傷你們。」高文喝道。

「為了主人，甘願賠上老命。」

「看來，他們不會離開。」梁賢搖頭歎氣，「總之，動手時，我們盡可能不弄傷他們。」

阿 Wing 踏前一步，朗聲道：「賈夫人，阿 Wing 來了，出來相見。有什麼恩怨，我跟你作個了斷，不要為難無辜老人。」

「死到臨頭，還口出大言？」小鳳恨恨地說。

「殺死他！」有人罵道。

阿漆等人提高戒備，慎防老人當中有人突然發瘋發難。

小鳳從椅上站起，尖聲喊道：「有請賈夫人。」

老人紛紛移步到書房門前，蹣跚地列成兩隊，七零八落地鼓掌歡迎。更有人拿出手機，播放電視劇集《武則天》的主題曲。

「哈，已成破落戶，還擺臭排場，真可笑……」阿 Ken 訝然。

然而，更令五人訝然的是，賈夫人身穿一襲破舊褪色縐巴巴、繡上孔雀圖案的旗袍，頭髮蓬鬆，卻濃妝豔抹，赤腳穿越「歡迎隊伍」之間，趾高氣揚地步進書房。

昔日的貴婦，今天的瘋婦，阿Wing看在眼裏，氣上心頭，瞪着唯一言行正常的小鳳，喝問：「你到底搞什麼把戲？」

「我聽命於賈夫人。」

賈夫人坐在籐椅上，舉止不失優雅的，把右肘擱在籐椅的把手上，微抬右腕，小鳳乖巧地把香煙放在賈夫人指間，讓她用食指和中指夾着。

「賈夫人，我在這裏，你想怎樣？」

「阿Wing，我想要你的人頭，為夫、為子報仇。」

「沒道理，你丈夫、兒子的死，可說咎由自取，與我無關。此事，你比誰都明白。」

「世間事，有理說不清，現在，不是說道理的時候。總之，你要為我的丈夫、我的兒子償命，一命償兩命，你倒划算。」賈夫人對答如流，不似瘋傻，倒似詐瘋裝傻。

「無中生有。」

「所謂冤有頭，債有主，賈家的家破人亡，總要找人承擔責任，我算來算去，最後把這筆血債歸在你頭上。」

「蠻不講理。」

「我這個女人就是蠻不講理。」

「你不僅不講道理，簡直患上妄想症，以為憑這堆假銀紙就可買兇殺我，荒謬之極。」

「銀紙的真假不是問題，因為普天之下，相信沒一個殺手有本事前來領賞，所以我無需預備獎金。何況，家道中落，我根本沒錢。」

「言下之意，你藉此引我來北京？」

「沒錯，你中計了。」

「我來了，你可以作什麼？就憑這班老人家？」

「不可輕看他們，你將死在他們手上。他們為賈家鞠躬盡瘁，都以殺你為榮。」

阿Wing等五人瞧瞧周圍的老弱殘兵，均覺賈夫人在瘋言瘋語。

阿漆道：「罷了。我們回香港發放消息，說明賈家買兇殺人並沒賞金，事件很快平息。」

「我們走吧，別為這個瘋婦浪費時間。」阿Ken道。

「對，我們回北京城吃烤鴨。」高文道。

「想走？沒那麼容易吧！」小鳳「啪啪」擊掌。

一眾老人訓練有素的分批移到門前、窗前，各就各位，堵塞書房所有出路。

「小鳳姨呀！不要再玩啦，拜託。」梁賢眉頭大皺，「我動一下指頭就推開他們。」

「你當然有此能力，但要把他們全部推開，倒要花點時間。」賈夫人道。

「我們不趕時間。」

「但，你們時間無多。」賈夫人從銀紙山腳拾起一根引線，用手上的香煙燃點。

「炸彈啊！」阿 Ken 大叫。

引線迅速燃燒，火花四濺。

「哈哈……」賈夫人和小鳳雙手互握，仰臉淒厲狂笑。

可是——

「颼——」

阿漆放出飛刀，準確無誤的削斷引線，刀尖「卜」的釘在地板上。

賈夫人和小鳳呆住了，臉容僵硬，臉色慘白，他們孤注一擲、同歸於盡的報仇大計，竟被阿漆一刀切斷，再無後着可行，登時不知所措。

「嘻，雕蟲小技，不自量力。」阿Ken抹一把冷汗之餘，不忘訕笑，「阿漆，好眼界！」

可是——

大家都不在意，其中一丁點火花，丟落銀紙堆中，把一張銀紙表面燻焦，形成一個小黑點。小黑點不斷擴大，冒出微量黑煙，很快，黑煙增多，黑點周圍冒出火苗，火苗蔓延旁邊的銀紙，形成火頭，黑煙變濃，火勢變大，銀紙愈燒愈多，範圍愈燒愈廣。

「失火呀！」阿Ken第一個發現。

銀紙山起火，埋在山下的引線隨時再度燃着，或者火勢直接波及炸彈，阿漆阻得一時，炸彈仍會爆炸。

「哈哈……天助我也……」賈夫人希望重燃。

「撤退！」阿 Wing 喊道。

「喝！」高文一聲怪叫，撲向東面的拱形大窗。守衛窗前的老人紛紛高舉雙手，制止高文。高文直撞過去，順勢反抓兩人，縱身高躍，越過眾老花白的頭頂，踢破窗子，左右抱着兩個老人，跳出屋外。

「攔阻他們！快！不能給他們逃脫。瑛姐、忠伯，堵住門口；成叔、何老四，你們緊守窗戶，攔住阿 Wing。快！你們這班飯桶，不中用的老傢伙……」

賈夫人大聲叱喝，指揮老人前去圍堵，奈何老人團隊被高文衝破且挾走兩人，頓然潰不成軍。阿 Wing 和阿漆看準破綻，左衝右突，一個撲向南面的大窗，一個衝向書房門口，也各抱兩個老人往屋外逃跑。至於阿 Ken 和梁賢，兩人雖不懂輕功，但仍各救走一個老人，奔離險地。

賈夫人看見敵人一一成功突圍，心焦如焚，也跑過去拉住阿 Wing，誰知剛踫到阿Wing的衣角，阿Wing已「呼」的破窗而出。賈夫人撲了個空，摔倒地上，眼巴巴看着仇人逃脫，炸彈卻遲遲未爆，轉頭回望書房中央的銀紙山，「山火」燒得正旺，外層的銀紙完全燒着，裏面的炸彈看來隨時波及，功虧一簣，她不甘心。

黑煙瀰漫，嗆咳此起彼落，書房內的老人盡都迷失方向，有人死守崗位，有人摸索出路。

賈夫人雙眼滿佈血絲，想爬起身，腿痛得要命；想找小鳳來扶自己一把，卻不見小鳳；想喊叫，喉頭像給什麼東西堵塞一般，張開嘴巴，卻喊不出聲，老人們又亂作一團，沒一個曉得幫助。沒時間了，再看銀紙山，燒得通紅，火紅的「山腳」部分，忽地急速膨脹，一股熾烈的、強烈的氣流逼向賈夫人——

「轟——隆——」

賈家大宅猛烈爆炸。

阿Wing五人連同救出的八名老人，已躲進銀杏林內，炸彈一爆，他們馬上抱頭伏下。

天崩地裂一般的震撼，夾着炙人的熱浪，以及大量碎石、火屑鋪天蓋地的衝擊銀杏林，眾人盡都心驚肉跳，不敢郁動，任由石屑、斷枝、爛葉掉落身上。過了一會，熱浪消散，他們慢慢爬起身，盡皆灰頭土臉、渾身污爧。

「大家沒受傷吧？」阿Wing問。

「沒。」

「沒事。」

「安好。」

眾人走出樹林，回看大宅，大宅幾乎被夷為平地，剩得頹垣焦瓦在火中燃燒。

「車子也給炸毀，我們要靠雙腿了。」梁賢道。

「到大路去，騎劫一輛汽車吧。」高文提議。

「不，搭順風車。」阿漆道。

4 富仇者？復仇者？

「這裏是國內，不是歐美，只有撞車黨，沒有順風車。」阿 Ken 道。

五人你一言我一語的步離賈家。

臨行前，阿 Wing 叮囑那八名老人快快回家，把姓賈的事忘掉。

夕陽西下，那八名拾回老命的傭人，顛顛巍巍的，站在斜陽晚照之中，看看同伴，看看阿 Wing 等人逐漸遠去，看看火光熊熊的大宅，惘惘然，惶惶然，不知何去何從。

4

兩日後。

香港，元朗，安寧路，大榮華酒樓。

梁賢安坐酒樓的貴賓廳，架着腿。夥計為他沏了一壺濃普洱，送上一籠雞球大包、一籠燒腩卷。他拿出手機，開啟Facebook。上一代喝茶，一盅兩件看報紙，現在人人看手機，先把點心拍攝上載Facebook，才把點心吃進肚子裏。

Facebook的舊同學羣組內，胡校長在九分鐘前分享了一則貼文。梁賢呷一口茶，慢慢細讀：

今早，到過醫院，外子康復理想，除傷口有點痛外，別無大礙，感謝大家關心！今天，聽說祖凡尼餐廳正式結業。祖凡尼，大家一定不陌生，那處，盛載我們的中學回憶。外子中槍那天，我本想光顧祖凡尼，懷舊一番，誰知坐下沒多久，清水也沒喝一口，便收到外子的電話。知道他被槍手脅持，我馬上趕往現場，錯過了祖凡尼的美食。儘管有點兒遺憾，當然，美食並非最重要，家人平安，粗茶淡飯的日子亦可過得快樂，而且，我去祖凡尼，目的為要懷緬過去，尋回一份感覺。我可以告訴大家，結果，我尋到了，那感覺很真實，暖暖在心頭，四十年不變，很sweet呢！到底，我遇見誰？作過什麼？嘻嘻，我誰都不會説，請不要追問噢。也許，到了這個年紀，作女人的，總要保留一點點無關痛癢的小秘密，在夜深人靜時，回味一下，感受一下，想像一下，稍作會心微笑，那就滿足了。

梁賢莞爾，用指頭點一下屏幕，給她一個Like，然後放下手機，拿筷子叉起雞球大包，張開嘴巴，大大的咬一口，包軟肉鮮汁多，很美味。

梁賢光顧大榮華，理由實際得多，為要滿足口腹食慾。感覺，似真非真、似假非假、似有還無、虛無縹緲，還是留給那位想像力豐富的小學校長。

過去的已成歷史，胡同學是胡同學，胡校長是胡校長，在梁賢眼中，他們是兩個獨立的個體，不算是同一人。胡同學已成他的歷史，永藏他的心靈深處。目下和前面尚有許多事情，足夠他忙碌，例如，目下的雞球大包要趁熱吃，前面的燒腩卷快涼了，所以珍惜現在，放眼將來，在他的人生，沒有撫今追昔、傷春悲秋這回事。於是，他兩口解決雞球大包，喝半杯茶，稍稍清除口腔，馬上跟進燒腩卷，信念始終如一，要趁熱。

好花堪折直需折，莫待無花空折枝。

這是前人的經驗之談，亦是梁賢錯過許多機會後的總結。

5

也是兩日後。

香港國際機場。

阿 Wing 送走高文，正踱出露天停車場。

高文携同阿 Wing 的親筆便條飛往法國的古堡尋找 Chit。

Chit 有一子一女，兒子娶了法國媳婦，女兒下嫁美國女婿。兩個洋化家庭，誕下幾個混血外孫，沒一個對中國文化感興趣，Chit 的古靈精怪技藝和收藏看來後繼無人。阿 Wing 相信，Chit 有可能把金蛇劍法傳授給高文，無妨順水推舟，介紹兩人相識，至於肯不肯教，願不願學，就讓他們兩人自行溝通。

阿 Wing 步出停車場，法航班機衝上雲霄，高文在機上，Chit 在法國，梁賢在元朗，他在赤鱲角，每個人總有一處落腳點，然而，R呢？真生呢？卻不知他們身在何方。

愛他的女子，都捨他而去，任他如何灑脫不羈，亦難免牽腸掛肚。

他愈來愈羨慕梁賢，自由自在，了無牽掛。畢竟，他不是梁賢，沒走過梁賢所走的路，他走在自己的人生路上，愛上真生，愛上R，都是緣分，已經不能改變，也不能像電玩一般隨時re-start，他只能繼續走下去，因為這條路是他的。

對真生、對R，他都曾許下承諾，愛惜他們，保護他們，讓他們得到幸福，此生不渝，現在他沒一樣做到。

目下，他不知何去何從。

前面，他茫無頭緒。

這條路挺難走下去啊！

6

也是兩日後。

也在元朗，同樂街，安記茶餐廳。

華仔一人獨佔靠近廁所的大圓檯，喝奶茶，吃菠蘿油，讀馬報，自得其樂。

烏蠅跑進來，一屁股坐在華仔對面，吩咐夥計也要奶茶和菠蘿油，便用手壓低華仔的馬報，壓低自己的聲線，故作神秘地說：「兄弟，我收到內幕消息，有宗好買賣。」

「說來聽聽。」華仔不抱期望地瞄一眼烏蠅，拿起菠蘿油，咬一口。

「北京有個超級富婆，開出天價，買兇殺人，目標是香港一個叫阿 Wing 的人。」

「只得這些零碎資料，有屁用。」

「你還想知道什麼?」

「天價即是多少錢?」

烏蠅搖頭。

「殺人之後,問北京哪個富婆收錢?」

烏蠅再搖頭。

「還有,誰是阿Wing?」華仔用手背抹淨嘴角的菠蘿包碎,「我一共認識三個叫阿Wing的人,第一個,我表姊的同學的細妹,肥妹一名;第二個,我的中學舊同學,骨瘦如柴,大近視,數學奇才;第三個,西洋菜街賣私煙的小混混,個子很小,嗓門很大,腳步很快。你要殺哪個?」

烏蠅還是搖頭。

「江湖流言,笨人才信。」華仔喝一口奶茶,再度攤開馬報,「今晚跑夜馬,你別打擾我鑽研四重彩。」

「唏，今晚的四重彩，我有馬房內幕貼士。」

「你若有內幕貼士，早就發財啦，還留在同樂街渾渾噩噩？」

「你相信我吧，我只不過沒財運……」

「別打擾我……」

「一起參詳耶。」

夥計送來食品。

「吃東西，別吵。」華仔拿他沒辦法，「我請客。」

烏蠅乖乖吃了一口菠蘿油，閉上嘴巴，不再作聲，享受牛油在口腔裏慢慢融化的滋味。

後記

文學教授劉禾有本名著，叫《六個字母的解法》，採用偵探小說的敘事筆法，追尋納博科夫（Vladimir Nabokov）的小說人物原型。劉禾這種寫法，能夠淡化學術論文的沉悶，強調推理線索與情節懸念，讀起來甚有趣味。

納博科夫的小說人物眾多，劉禾何以對這個「奈斯畢特」（NESBIT）情有獨鍾？其中一個原因，相信是這個人物很特別，吸引劉禾的注意：

「奈斯畢特在講話的時候，總是菸斗不離手，而且這人叩菸斗、放菸絲、點火和抽菸的姿勢總有點與眾不同。」[1]

劉禾的追尋過程，曲折跌宕，最終發現角色真有其人。由此可見，原型對小說人物的塑造，殊為重要。

梁賢這角色，是「Q版特工」故事裏較有「讀者緣」的一個。他在《死亡拍賣會》出場後，讀者不時在電郵、Facebook提及他，希望他再次登場。這趟，他的「戲分」較阿Wing更多，讀者不會失望吧！

構想這本小說，靈感來自元朗的祖凡尼餐廳結業。腦海中，第一個出現的場景，是舊客人坐在祖凡尼餐廳裏吃墨魚汁意大利粉。懷舊的話，此人的年紀一定偏大，阿Wing和阿漆都不合適，按小說裏的人物，M和梁賢當是首選，讀者既然想看梁賢，我於是像玩拼貼一般，把梁賢安放在餐桌前。

睹物懷人，他懷念誰呢？

當年、今日，梁賢和他所懷念的人，有什麼變化？

當年的選擇，對今日的際遇有什麼影響？

一路推想前塵，同時構思今天，思前想後，小說的情節就循着這兩條線索推演開去。

梁賢的原型，是我一位中學同學，大家都叫他作梁賢，兩者的背景相近，能力和際遇不同，有真有假，真的是他的生活態度、處事方式、談吐舉止等，因有原型作為參照，下筆分外流暢生動。

書中的場景，如元朗大馬路、廈村墟、錫降村、流浮山、靈渡寺等，都是「現場實景」。祖凡尼餐廳當然曾經光顧，廈村祠堂是我少年時習武的地方，靈渡寺的對聯「靈氣所鍾山獨秀，渡杯而至石猶新」，乃先父所撰。先父旅居廈村大半生，除在村校工作，還兼任廈村鄉事委員會秘書、流浮山商會秘書等職，在當地遺下不少墨跡。舊一代過去，新一代不知，當年事、故人情，在這本懷舊小說裏，成為一種紀念。

本來元朗事，元朗了，但在一國兩制下的香港，大小事情似乎都能與北京扯上關係，順筆而寫，自然寫到北京。不過，多口說一句，故事虛構，內容無稽，情節荒誕，切勿對號入座。拜託。

1 劉禾：《六個字母的解法》（香港：牛津大學出版社，2013），頁7。